TRANZLATY

Language is for everyone

Język jest dla każdego

The Call of Cthulhu

Zew Cthulhu

H.P. Lovecraft

English
Polski

www.tranzlaty.com

The Horror Made of Clay
Horror z gliny

There is one thing I find particularly merciful.
Jest jedna rzecz, którą uważam za szczególnie miłosierną.
The inability of the human mind to correlate events.
Niezdolność ludzkiego umysłu do łączenia ze sobą zdarzeń.
It's a blessing that we can't understand the world.
To błogosławieństwo, że nie potrafimy zrozumieć świata.
We live blissfully on a placid island of ignorance.
Żyjemy szczęśliwie na spokojnej wyspie niewiedzy.
An island in the midst of black seas of infinity.
Wyspa pośród czarnych mórz nieskończoności.
And it was not meant that we should voyage far.
I nie było nam powiedziane, że będziemy podróżować daleko.
The sciences each strain in their own directions.
Każda z nauk dąży w swoim własnym kierunku.
But hitherto science's findings have harmed us little.
Ale dotychczasowe odkrycia nauki nie wyrządziły nam większej szkody.
But some day dissociated knowledge will be pieced together.
Ale pewnego dnia rozproszona wiedza zostanie poskładana w całość.
Terrifying vistas of reality will open up to us.
Otworzą się przed nami przerażające perspektywy rzeczywistości.
And we will be left in a frightful vantage point.
I znajdziemy się w przerażającej sytuacji.
We will either go mad from the revelation we are given.
Albo oszalejemy z powodu objawienia, które nam dano.
Or we will flee from the deadly light that we will see.
Albo uciekniemy przed śmiercionośnym światłem, które ujrzymy.
We will run from the knowledge we had always pursued.
Uciekniemy od wiedzy, za którą zawsze podążaliśmy.
And we will seek the peace and safety of a new dark age.

I będziemy szukać spokoju i bezpieczeństwa w nowej,
mrocznej epoce.
Theosophists have guessed at the scale of the cosmos.
Teozofowie oszacowali skalę kosmosu.
Our world is but a transient incident in this cycle.
Nasz świat jest tylko przejściowym incydentem w tym cyklu.
The human race plays but a little role in the universe.
Ludzkość odgrywa w kosmosie jedynie niewielką rolę.
The theosophists have hinted at strange methods of survival.
Teozofowie wspominali o dziwnych metodach przetrwania.
But their suggestions would freeze a rational man's blood.
Jednak ich sugestie zmroziłyby krew w żyłach racjonalnemu
człowiekowi.
Only the optimism of their ideas hides the horror.
Tylko optymizm ich pomysłów ukrywa horror.
But it is not their ideas that chill me the most.
Ale to nie ich idee mnie najbardziej przerażają.
It is something else that fills me with terror.
Jest coś jeszcze, co mnie przeraża.
The single glimpse of forbidden eons I have seen.
Widziałem jeden przebłysk zakazanych eonów.
When I think of what I saw my blood stands still.
Kiedy pomyślę o tym, co widziałem, krew mi staje.
Restlessness plagues my dreams since that glimpse.
Od czasu tego widzenia niepokój dręczy moje sny.
It came to me like all dreaded glimpses of truth.
Dotarło do mnie jak przerażający przebłysk prawdy.
An accidental piecing together of separated things.
Przypadkowe połączenie oddzielnych rzeczy.
An old newspaper item and the notes of a dead professor.
Stary artykuł z gazety i notatki zmarłego profesora.
In a flash everything was pieced together before me.
W mgnieniu oka wszystko ułożyło się w całość.
I hope no one else will accomplish this terrible insight.
Mam nadzieję, że nikt inny nie dokona tego strasznego
odkrycia.
Certainly, if I live, I shall never help anyone to know it.

Z pewnością, jeśli przeżyję, nie pomogę nikomu tego
wiedzieć.
I shall never knowingly supply a link in so hideous a chain.
Nigdy świadomie nie dostarczę żadnego ogniwa w tak
ohydnym łańcuchu.
I think that the professor, too, intended to keep silent.
Sądzę, że profesor również miał zamiar zachować milczenie.
He didn't mean to share the secrets that he knew.
Nie miał zamiaru dzielić się sekretami, które znał.
And I'm sure he would have destroyed his notes.
I jestem pewien, że zniszczyłby swoje notatki.
If he had not been seized by sudden and suspicious death.
Gdyby nie dopadła go nagła i podejrzana śmierć.

***

My knowledge of the thing began in the winter of 1926-27.
Moja wiedza na ten temat zaczęła się zimą 1926-27.
My great-uncle was the professor George Gammell Angell.
Mój prastryj był profesorem George'em Gammellem
Angellem.
He was the Professor Emeritus of Semitic languages.
Był emerytowanym profesorem języków semickich.
He lectured in Brown University, Providence, Rhode Island.
Wykładał na Uniwersytecie Browna w Providence w stanie
Rhode Island.
His death, at the age of ninety-two, triggered the event.
Jego śmierć w wieku dziewięćdziesięciu dwóch lat była
impulsem do tego wydarzenia.
**He was widely known as an authority on ancient
inscriptions.**
Był powszechnie znany jako ekspert w dziedzinie
starożytnych inskrypcji.
Heads of prominent museums came to him for his expertise.
Dyrektorzy znanych muzeów zwracali się do niego po poradę.
So his death was noticed by many within academic circles.

Dlatego jego śmierć została zauważona przez wielu
przedstawicieli środowiska akademickiego.

Interest was intensified by the obscurity of his death.

Zainteresowanie wzrosło, gdy tylko śmierć chłopca stała się
niejasna.

It occurred as he was disembarking from the Newport boat.

Zdarzyło się to, gdy wysiadał ze statku w Newport.

**Witnesses say a dark nautical-looking fellow had jostled
him.**

Świadkowie twierdzą, że potrącił go ciemnoskóry mężczyzna
o wyglądzie marynarza.

After being stricken, he fell suddenly, witnesses say.

Świadkowie twierdzą, że po otrzymaniu ciosu nagle upadł.

Physicians were unable to find any visible disorder.

Lekarze nie byli w stanie stwierdzić żadnych widocznych
zaburzeń.

After some perplexed debate they reached their conclusion.

Po pewnej zawiłej debacie doszli do swojego wniosku.

"It must have been a lesion of the heart," they agreed.

„To musiało być uszkodzenie serca" – zgodzili się.

"After all, he was rather an elderly man," they added.

„W końcu był to dość starszy człowiek" – dodali.

"the brisk ascent of the steep hill caused his end."

„Szybkie podejście na strome wzgórze było przyczyną jego
zgonu".

At the time I saw no reason to dissent from this dictum.

W tamtym czasie nie widziałem powodu, aby nie zgadzać się
z tym stwierdzeniem.

But latterly I am inclined to wonder about their conclusion.

Ostatnio jednak skłaniam się ku zastanowieniu nad ich
wnioskami.

And I do more than just wonder if they were right.

I nie ograniczam się do zastanawiania, czy mieli rację.

***

My grand-uncle died alone as a childless widower.

Mój stryj zmarł samotnie, jako bezdzietny wdowiec.
And so I became heir and executor to his possessions.
I tak zostałem dziedzicem i wykonawcą jego testamentu.
So I was expected to go over his papers and writings.
Oczekiwano więc, że przejrzę jego prace i pisma.
I moved his entire set of files and boxes to my Boston home.
Przeniosłem cały jego zestaw akt i pudeł do mojego domu w Bostonie.
Much of the materials I collected will later be published.
Większość zebranych przeze mnie materiałów zostanie później opublikowana.
Many academics in his field took great interest in his work.
Wielu naukowców z jego dziedziny wykazywało duże zainteresowanie jego pracą.
The American archeological society relied on him greatly.
Amerykańskie towarzystwo archeologiczne pokładało w nim wielkie nadzieje.
But there was one box which I found exceedingly puzzling.
Ale było jedno pudełko, które wydało mi się wyjątkowo zagadkowe.
I felt much averse from showing these files to other eyes.
Nie miałem ochoty pokazywać tych plików innym osobom.
The box had been locked, unlike the other boxes.
Pudełko było zamknięte, w przeciwieństwie do pozostałych pudełek.
And initially I found no key that would open this box.
Początkowo nie znalazłem klucza, który mógłby otworzyć tę skrzynkę.
But then the location of the key occurred to me.
Ale potem przypomniało mi się, gdzie jest klucz.
The professor always carried a keyring in his pocket.
Profesor zawsze nosił brelok w kieszeni.
It was indeed one of these keys that opened the box.
To właśnie jeden z tych kluczy otworzył pudełko.
But in the box was a still more closely locked barrier.
Ale w pudełku znajdowała się jeszcze ściślejsza bariera.
What could be the meaning of the queer bas-relief?

Jakie może być znaczenie tej dziwnej płaskorzeźby?
Various paper cuttings accompanied the bas-relief.
Płaskorzeźbie towarzyszyły różne wycinanki papierowe.
What did the disjointed jottings and ramblings allude to?
Do czego nawiązywały te niespójne notatki i dygresje?
Had my uncle become credulous to superficial impostures?
Czy mój wujek stał się łatwowierny wobec powierzchownych oszustw?
Perhaps in his later years his criticalness thought slowed.
Być może w późniejszych latach jego krytyczny sposób myślenia osłabł.
Someone had disturbed this old man's peace of mind.
Ktoś zakłócił spokój ducha tego starca.
And so I resolved to locate the eccentric sculptor.
Postanowiłem więc odnaleźć ekscentrycznego rzeźbiarza.
The man who set in motion my uncle's strange obsession.
Człowiek, który zapoczątkował dziwną obsesję mojego wujka.

***

The bas-relief was roughly shaped like a rectangle.
Płaskorzeźba miała kształt zbliżony do prostokąta.
The rectangular shape was less than an inch thick.
Prostokątny kształt miał mniej niż cal grubości.
And the bas-relief was about five by six inches in area.
A płaskorzeźba miała około pięć na sześć cali powierzchni.
It was obvious that the bas-relief was of modern origin.
Oczywiste było, że płaskorzeźba była pochodzenia współczesnego.
The designs, however, were far from modern in atmosphere.
Jednakże klimat tych projektów był daleki od nowoczesności.
The inscriptions suggested a far older civilization.
Napisy sugerują, że istniała o wiele starsza cywilizacja.
The vagaries of cubism and futurism were many and wild.
Kaprysy kubizmu i futuryzmu były liczne i szalone.
But normally such patterns fail to produce regularity.
Ale zwykle takie wzorce nie tworzą żadnej regularności.

The cryptic regularity which lurks in prehistoric writing.
Tajemnicza regularność, która kryje się w pismach
prehistorycznych.
This regularity was certainly present in the bas-relief.
Tę prawidłowość z pewnością można dostrzec w
płaskorzeźbie.
I was certain the inscriptions represented a writing system.
Byłem pewien, że napisy przedstawiają jakiś system pisma.
I had some familiarity with the papers of my uncle.
Miałem pewną znajomość papierów mojego wujka.
And I had looked through all of his collections and works.
Przejrzałem wszystkie jego zbiory i dzieła.
But I failed to find any writing that was similar.
Ale nie znalazłem żadnego podobnego tekstu.
I could not geographically place this alphabet in any way.
Nie potrafię w żaden sposób umiejscowić tego alfabetu
geograficznie.
Nor could I guess from what time this writing came from.
Nie potrafię też odgadnąć, z którego okresu pochodzi ten
tekst.
Above these apparent hieroglyphics there was a figure.
Nad tymi widocznymi hieroglifami znajdowała się postać.
The figure was evidently only of pictorial intent.
Oczywiste jest, że figura ta miała jedynie charakter obrazowy.
The impressionism of the picture added to the mystery.
Impresjonizm obrazu dodał mu tajemniczości.
No clear idea of the creature's nature could be discerned.
Nie można było dostrzec wyraźnego obrazu natury tego
stworzenia.
The creature seemed to be a monster, of some sort.
Stworzenie zdawało się być pewnego rodzaju potworem.
Or the symbol represented a monster, of some sort.
Albo symbol ten przedstawiał jakiegoś rodzaju potwora.
Only a diseased mind could conceive of such a form.
Tylko chory umysł mógł wymyślić taką formę.
My imagination yielded different pictures simultaneously.
Moja wyobraźnia podsuwała mi jednocześnie różne obrazy.

But my imagination may also be somewhat extravagant.
Ale moja wyobraźnia może być nieco rozrzutna.
An octopus, a dragon, and also a human caricature.
Ośmiornica, smok, a także karykatura człowieka.
I shall try not be unfaithful to the spirit of the thing.
Postaram się nie sprzeniewierzyć duchowi rzeczy.
A pulpy, tentacled head surmounted a scaly body.
Mięsista, wyposażona w macki głowa wieńczyła łuskowate ciało.
Rudimentary wings protruded from the grotesque shape.
Z groteskowego kształtu wystawały szczątkowe skrzydła.
But the shape of the monster wasn't even the worst part.
Ale kształt potwora nie był najgorszy.
The background of the picture was even more frightening.
Tło zdjęcia było jeszcze bardziej przerażające.
The scenery had a vague suggestion of another civilization.
Krajobraz niejasno przywodził na myśl inną cywilizację.
Cyclopean architecture from a forgotten part of the world.
Architektura cyklopowa z zapomnianej części świata.

***

Only some notes and press cuttings accompanied the oddity.
Temu osobliwości towarzyszyły jedynie notatki i wycinki prasowe.
The press cuttings seemed to be only vaguely related.
Wycinki prasowe zdawały się być tylko luźno powiązane.
The hand written notes were all from my uncle.
Wszystkie ręcznie pisane notatki pochodziły od mojego wujka.
But his notes made no pretense to any literary style.
Jednakże jego notatki nie pretendowały do żadnego stylu literackiego.
There was no ordering mechanism to any of the papers.
W żadnym z dokumentów nie było żadnego mechanizmu porządkującego.

Although there seemed to be a master document to the notes.

Chociaż wydawało się, że notatki te mają formę dokumentu głównego.

This document was ascribed to the cult of Cthulhu

Dokument ten przypisano kultowi Cthulhu

The word's letters had been painstakingly written out.

Litery tego słowa zostały pieczołowicie wypisane.

There should be no erroneous reading of the unheard of word.

Nie powinno być mowy o błędnym odczytywaniu niesłychanych słów.

This Cthulhu manuscript was divided into two sections;

Manuskrypt Cthulhu podzielony był na dwie części;

The first manuscript was titled the following:

Pierwszy rękopis nosił następujący tytuł:

"1925 - Dream and Dream Work of H. A. Wilcox"

„1925 – Marzenia i twórczość HA Wilcoxa"

"7 Thomas St., Providence, Road Island"

„7 Thomas St., Providence, Road Island"

And the second manuscript was titled the following:

Drugi rękopis nosił następujący tytuł:

"Narrative of Inspector John R. Legrasse"

„Opowieść inspektora Johna R. Legrasse'a"

"121 Bienville St., New Orleans, 1908 Meetings."

„121 Bienville St., Nowy Orlean, spotkania w 1908 roku".

"Notes on Same, & Prof. Webb's account of events"

„Notatki o Same i relacja profesora Webba z wydarzeń"

The other manuscript papers were all brief notes.

Pozostałe rękopisy to krótkie notatki.

Some manuscripts described the queer dreams of different persons.

W niektórych manuskryptach opisano dziwne sny różnych osób.

Some manuscripts cited from theosophical books and magazines.

Niektóre rękopisy pochodzą z ksiąg i czasopism
teozoficznych.
Notably, most of these citations were from W. Scott-Eliott.
Warto zauważyć, że większość tych cytatów pochodziła od W.
Scott-Eliota.
Mainly the notes referenced Atlantis and the Lost Lemuria.
Notatki w większości odnosiły się do Atlantydy i Zaginionej
Lemurii.
**The other notes commented on long-surviving secret
societies.**
Pozostałe notatki dotyczyły tajnych stowarzyszeń, które
przetrwały wiele lat.
Hidden cults that may or may not still exist somewhere.
Ukryte kulty, które mogą, a mogą i nie istnieć gdzieś indziej.
Two books seemed to provide most of the information;
Dwie książki zdawały się zawierać większość informacji;
Miss Murray's Witch-Cult in Western Europe.
Kult czarownic panny Murray w Europie Zachodniej.
This book thoroughly detailed Mythological sources.
W tej książce szczegółowo opisano źródła mitologiczne.
**And Frazer's Golden Bough provided anthropological
sources.**
A Złota gałąź Frazera dostarcza źródeł antropologicznych.

***

The cuttings largely alluded to outré mental illnesses.
Wycinki w dużej mierze nawiązywały do skandalicznych
chorób psychicznych.
Outbreaks of group folly and mania in the spring of 1925.
Wybuchy zbiorowego szaleństwa i manii wiosną 1925 r.
The first half of the manuscript told a very peculiar tale.
Pierwsza połowa rękopisu opowiadała bardzo osobliwą
historię.
**1925, the 1st of March, a thin dark young man came to my
uncle.**

1 marca 1925 roku do mojego wujka przybył szczupły, ciemnowłosy młody mężczyzna.

The manuscript describes his neurotic and excited aspect.

Rękopis opisuje jego neurotyczny i podekscytowany wygląd.

And he bore with him the strange bas-relief.

I zabrał ze sobą tę dziwną płaskorzeźbę.

At that time the bas-relief was exceedingly damp and fresh.

W tym czasie płaskorzeźba była niezwykle wilgotna i świeża.

His card bore the name of Henry Anthony Wilcox.

Na jego wizytówce widniało nazwisko Henry Anthony Wilcox.

And my uncle had slightly recognized who he was.

A mój wujek w pewnym stopniu rozpoznał, kim on jest.

He was the youngest son of an excellent family.

Był najmłodszym synem znakomitej rodziny.

Latterly he had been studying sculpture at Rhode Island.

Ostatnio studiował rzeźbę na Rhode Island.

He lived alone at the Fleur-de-Lys Building.

Mieszkał sam w budynku Fleur-de-Lys.

His residences were near the university.

Jego rezydencje znajdowały się w pobliżu uniwersytetu.

Wilcox was a precocious youth of known genius.

Wilcox był przedwcześnie rozwiniętym młodzieńcem, znanym z geniuszu.

But he was also known for his great eccentricity.

Ale znany był również ze swojej wielkiej ekscentryczności.

From childhood he had excited the attention of others.

Już od dzieciństwa wzbudzał zainteresowanie innych.

He told of strange stories no one had told him about.

Opowiadał dziwne historie, o których nikt mu nie opowiadał.

And he was in the habit of relating strange dreams.

I miał zwyczaj opowiadać dziwne sny.

He described himself as "psychically hypersensitive".

Opisywał siebie jako osobę „psychicznie nadwrażliwą".

But those around him had other descriptions for him.

Jednak ludzie wokół niego określali go inaczej.

They were staid folk of the ancient commercial city.

Byli to stateczni ludzie ze starożytnego miasta handlowego.
And they dismissed him as merely strange and "queer".
A oni odrzucili go jako po prostu dziwnego i „dziwacznego".
And so he never mingled much with his kind.
Dlatego też nigdy nie przebywał w towarzystwie ludzi
swojego pokroju.
And he had dropped gradually from social visibility.
Stopniowo jego widoczność w społeczeństwie spadała.
Now he is known only to a small group of esthetes.
Obecnie znany jest jedynie wąskiej grupie estetów.
And those who knew him came mostly from other towns.
A ci, którzy go znali, pochodzili głównie z innych miast.
Even the Providence art club had found him quite hopeless.
Nawet klub artystyczny Providence uznał go za zupełnie
beznadziejnego.
Of course they were anxious to preserve their conservatism.
Oczywiście zależało im na zachowaniu swojego
konserwatyzmu.

***

The professor's manuscript continued to describe the visit.
W rękopisie profesora nadal opisano wizytę.
**The sculptor abruptly asked for his host's archeological
knowledge.**
Rzeźbiarz nagle zapytał gospodarza, czy podzielił się swoją
wiedzą archeologiczną.
**He wanted him to identify the hieroglyphics on the bas-
relief.**
Chciał, żeby zidentyfikował hieroglify na płaskorzeźbie.
He spoke in a dreamy and rather stilted manner.
Mówił w sposób marzycielski i nieco sztuczny.
His speech suggested pose and alienated sympathy.
Jego przemówienie wyrażało pozę i wyobcowaną sympatię.
And my uncle showed some sharpness in his reply.
A odpowiedź mojego wujka była dość ostra.
Because the bas-relief was still conspicuously freshness.

Ponieważ płaskorzeźba nadal wyraźnie ukazywała świeżość.
So there was no need for any kinship with archeology.
Nie było więc potrzeby żadnego pokrewieństwa z
archeologią.
Young Wilcox's rejoinder was of a fantastically poetic cast.
Odpowiedź młodego Wilcoxa była niezwykle poetycka.
My uncle must have been impressed with the reply.
Odpowiedź musiała zrobić na moim wujku wrażenie.
And he recorded the reply of Wilcox verbatim.
I zapisał odpowiedź Wilcoxa słowo w słowo.
"The bas-relief is indeed still conspicuously fresh."
„Płaskorzeźba rzeczywiście jest wciąż świeża.”
"Because I made this bas-relief last night, after a dream."
„Ponieważ zrobiłem tę płaskorzeźbę wczoraj w nocy, po śnie.”
"A dream of strange cities and stranger people."
„Marzenie o dziwnych miastach i dziwnych ludziach.”
"And dreams are older than brooding Tyros."
„A sny są starsze niż zamyślony Tyros.”
"Dreams are older than the contemplative Sphinx."
„Sny są starsze niż kontemplacyjny Sfinks”.
"And dreams are older than the garden-girdled Babylon."
„A marzenia są starsze niż Babilon opasany ogrodami”.
This type of speech turned out to be characteristic of him.
Ten typ mowy okazał się dla niego charakterystyczny.
It was then that he began that rambling tale.
Wtedy właśnie rozpoczął swoją chaotyczną opowieść.
The tale which suddenly played upon a sleeping memory.
Opowieść, która nagle odżyła w uśpionym wspomnieniu.
The tale that won the fevered interest of my uncle.
Opowieść, która wzbudziła ogromne zainteresowanie mojego
wujka.

***

There had been a slight earthquake tremor the night before.
W nocy nastąpiło lekkie trzęsienie ziemi.

The most considerable tremor New England had felt for some years.
Najpoważniejsze wstrząsy, jakie Nowa Anglia odczuła od kilku lat.
Wilcox's imagination had been keenly affected by the earthquake.
Trzęsienie ziemi wywarło ogromny wpływ na wyobraźnię Wilcoxa.
He had had an unprecedented dream of great Cyclopean cities.
Miał niesłychany sen o wielkich miastach Cyklopów.
He dreamed of Titan blocks and sky-flung monoliths.
Śniły mu się bloki Tytana i monolity wystrzeliwane w niebo.
All the architecture was dripping with green ooze.
Cała architektura była ociekająca zieloną mazią.
And his dreams were sinister with latent horror.
A jego sny były złowrogie i przepełnione uśpionym strachem.
Hieroglyphics had covered the walls and pillars.
Ściany i kolumny pokryte były hieroglifami.
From somewhere underneath there came a sound.
Gdzieś z dołu dobiegł dźwięk.
The sound was of a voice, but it was not a voice.
Brzmiał jak głos, lecz nie był to głos.
A chaotic sensation which only fancy could transmute into sound.
Chaotyczne wrażenie, które tylko wyobraźnia może przekształcić w dźwięk.
He attempted to say the almost unpronounceable word.
Spróbował wypowiedzieć prawie niemożliwe do wymówienia słowo.
A jumble of unlikely letters; "Cthulhu fhtagn".
Zlepek nieprawdopodobnych liter; „Cthulhu fhtagn”.
This verbal jumble was the key to my uncle's recollection.
Ten słowny bełkot był kluczem do wspomnień mojego wujka.
This strange sound excited and disturbed Professor Angell.
Ten dziwny dźwięk podniecił i zaniepokoił profesora Angella.
He questioned the sculptor with scientific minuteness.

Zadawał rzeźbiarzowi pytania z naukową szczegółowością.
He studied the bas-relief with almost frantic intensity.
Studiował płaskorzeźbę z niemalże szaleńczą intensywnością.
My uncle blamed his old age, Wilcox afterward said.
Wilcox powiedział później, że mój wujek zrzucał winę na swój wiek.
In his younger days he would have recognized the hieroglyphics.
Gdyby był młodszy, rozpoznałby hieroglify.
The pictorial design wouldn't have puzzled his sharper mind.
Jego bystrzejszy umysł nie byłby w stanie pojąć tak obrazowego projektu.
Many of his questions seemed highly out of place to his visitor.
Wiele z jego pytań wydało się jego gościowi zupełnie nie na miejscu.
He tried to connect him to strange mythological cults.
Próbował powiązać go z dziwnymi kultami mitologicznymi.
He tried to get him to admit affiliation to secret societies.
Próbował nakłonić go do przyznania się do przynależności do tajnych stowarzyszeń.
My uncle even promised to keep his visitor's secret.
Mój wujek obiecał nawet zachować tajemnicę swojego gościa.
"Are you not part of a widespread mystical group?"
„Czy nie należysz do szeroko rozpowszechnionej mistycznej grupy?"
"Are you not a member of a paganly religious body?"
„Czy nie należysz do pogańskiego ugrupowania religijnego?"
Eventually he became convinced the sculptor wasn't a member.
W końcu doszedł do przekonania, że rzeźbiarz nie jest członkiem stowarzyszenia.
He was indeed ignorant of any cult or system of cryptic lore.
Rzeczywiście nie miał pojęcia o żadnym kulcie ani systemie tajemniczej wiedzy.

He besieged his visitor with demands for future reports of
dreams.

Zasypywał gościa żądaniami opowiedzenia mu o swoich
snach.

This strange request bore regular and interesting fruit.

Ta dziwna prośba przyniosła regularne i interesujące owoce.

***

After the first interview the manuscript records daily calls.

Po pierwszym wywiadzie w manuskrypcie zapisano
codzienne rozmowy telefoniczne.

He related startling fragments of nocturnal imagery.

Opowiadał zaskakujące fragmenty nocnych obrazów.

There were always the same themes in his dreams.

W jego snach zawsze pojawiały się te same tematy.

A terrible Cyclopean vista of dark and dripping stone.

Straszliwy, cyklopowy widok ciemnych i ociekających wodą
kamieni.

A subterranean voice or intelligence shouting
monotonously.

Podziemny głos lub informacja krzycząca monotonnie.

Two sounds seemed to repeat themselves in his dreams.

W jego snach powtarzały się dwa dźwięki.

But these sounds were as enigmatic as the other sounds.

Ale te dźwięki były tak samo zagadkowe jak inne.

The sounds can only be rendered by the letters "Cthulhu"
and "R'lyeh".

Dźwięki można oddać jedynie za pomocą liter „Cthulhu” i
„R'lyeh”.

On March 23rd, the manuscript continued, Wilcox failed to
come.

23 marca – jak dalej pisano w manuskrypcie – Wilcox nie
przybył.

My uncle made inquiries at the quarters of his whereabouts.

Mój wujek zasięgnął informacji w miejscu jego pobytu.

That night he had been stricken with an obscure sort of
fever.

Tej nocy dopadła go dziwna gorączka.

And he was taken to the home of his family in Waterman
Street.

Następnie zabrano go do domu jego rodziny na Waterman
Street.

That night he had cried out in one of his dreams.

Tej nocy krzyknął w jednym ze swoich snów.

His cries aroused several other artists in the building.

Jego krzyki obudziły obecność innych artystów w budynku.

And he was between alternations of unconsciousness and
delirium.

A on miotał się pomiędzy stanami nieświadomości i
majaczenia.

My uncle at once telephoned the family of Wilcox.

Mój wujek natychmiast zatelefonował do rodziny Wilcoxa.

And from that time forward he kept close watch of the case.

I od tego czasu uważnie obserwował rozwój sprawy.

He called often at the Thayer Street office of Dr. Tobey.

Często odwiedzał gabinet doktora Tobeya na Thayer Street.

Dr. Tobey was in charge of the patient's condition.

Doktor Tobey nadzorował stan pacjenta.

The youth's febrile mind was dwelling on strange things.

Rozgorączkowany umysł młodzieńca rozmyślał nad
dziwnymi sprawami.

The doctor shuddered now and then as he spoke of the
dreams.

Doktor od czasu do czasu wzdrygał się, opowiadając o snach.

The dreams repeated a lot of the earlier themes.

W snach powtarzało się wiele wcześniejszych wątków.

But now his dreams made mention of something new.

Ale teraz jego sny zaczęły wspominać coś nowego.

A gigantic thing "a miles high" which walked, or lumbered
about.

Gigantyczna rzecz „o wysokości wielu mil", która chodziła,
lub poruszała się ciężko.

He at no time fully described this object in any detail.
Nigdy nie opisał tego obiektu w pełni i szczegółowo.
But Dr. Tobey relayed the frantic words of his patient.
Jednak dr Tobey przekazał rozpaczliwe słowa swojego
pacjenta.
**And the professor became increasingly certain of what it
was.**
A profesor był coraz bardziej pewien, co to było.
**The nameless monstrosity he had sought to depict in his
sculpture.**
Bezimienna potworność, którą chciał przedstawić w swojej
rzeźbie.
The doctor had mentioned the bas-relief he had made.
Lekarz wspomniał o płaskorzeźbie, którą wykonał.
**This mention preludes the young man's subsidence into
lethargy.**
Wzmianka ta poprzedza zapadnięcie młodego człowieka w
letarg.
**His temperature, oddly enough, was not greatly above
normal.**
Co dziwne, jego temperatura nie była dużo wyższa od normy.
But his general condition suggested he was in a fever.
Jednak jego ogólny stan wskazywał na gorączkę.
**A fever, as opposed to being in the grasp of a mental
disorder.**
Gorączka, w odróżnieniu od stanu bycia w szponach
zaburzenia psychicznego.

***

On April 2nd at about 3 p.m. the fever came to an end.
Dnia 2 kwietnia około godziny 15.00 gorączka ustąpiła.
Every trace of Wilcox's malady suddenly ceased.
Wszelkie ślady choroby Wilcoxa nagle zniknęły.
He sat upright in bed as if waking up from regular sleep.
Siedział prosto na łóżku, jakby obudził się po normalnym śnie.
He was astonished to find himself at his parents' home.

Był zdumiony, gdy znalazł się w domu swoich rodziców.
And he was completely ignorant of what had happened.
I nie miał zielonego pojęcia, co się wydarzyło.
Neither dream nor reality had made an impression on his mind.
Ani sen, ani rzeczywistość nie wywarły wrażenia na jego umyśle.
Dr. Tobey pronounced him fit to be dismissed from his care.
Doktor Tobey stwierdził, że można opuścić jego opiekę.
And he returned to his quarters three days later.
I wrócił do swojej kwatery trzy dni później.
But to Professor Angell he was of no further assistance.
Jednak dla profesora Angella nie był on już żadną pomocą.
All traces of strange dreaming had vanished with his recovery.
Wraz z wyzdrowieniem zniknęły wszelkie ślady dziwnych snów.
For a week he recounted irrelevant and thoroughly usual visions.
Przez tydzień opowiadał nieistotne i zupełnie zwyczajne wizje.
And my uncle kept no further record of his night-thoughts.
A mój wujek nie prowadził już żadnych zapisków ze swoich nocnych myśli.
At this point the first part of the manuscript ended.
W tym miejscu kończy się pierwsza część manuskryptu.
But my research was still anything but concluded.
Ale moje badania wciąż były dalekie od zakończenia.
References to scattered notes helped piece things together.
Odniesienia do rozproszonych notatek pomogły złożyć całość w całość.
And there was more than enough material for thought.
A materiału do przemyśleń było aż nadto.
My distrust of the artist had still not subsided.
Moja nieufność do artysty nadal nie osłabła.
But this was largely a result of my ingrained skepticism.

Ale było to w dużej mierze wynikiem mojego głęboko
zakorzenionego sceptycyzmu.

The notes described the dreams of various persons.

Notatki opisywały sny różnych osób.

**These dreams all occurred while young Wilcox was in his
fever.**

Wszystkie te sny wydarzyły się, gdy młody Wilcox miał
gorączkę.

My uncle, it seems, wasted no time in collecting the data.

Wygląda na to, że mój wujek nie tracił czasu i zabrał się za
zbieranie danych.

**He had quickly instituted a prodigiously far-flung body of
inquiries.**

Szybko stworzył niezwykle rozległy zespół badań.

Any friend that didn't show impertinence he questioned.

Każdego przyjaciela, który nie zachowywał się bezczelnie,
poddawał w wątpliwość.

He requested from them nightly reports of their dreams.

Codziennie żądał od nich raportów ze swoich snów.

And he asked if they had had any notable visions of late.

Zapytał ich, czy ostatnio mieli jakieś szczególne wizje.

The reception of his request seems to have been varied.

Przyjęcie jego prośby było, jak się wydaje, zróżnicowane.

But there was certainly no shortage in replies.

Ale odpowiedzi z pewnością nie brakowało.

No ordinary man could have handled the replies alone.

Żaden przeciętny człowiek nie byłby w stanie poradzić sobie z
odpowiedziami sam.

The original correspondences were not preserved.

Oryginalna korespondencja nie zachowała się.

But his notes formed a thorough and significant digest.

Jednakże jego notatki stanowiły wyczerpujące i znaczące
streszczenie.

***

Initially he had approached average people in society.

Początkowo zwracał się do przeciętnych ludzi ze
społeczeństwa.
New England's traditional "salt of the earth".
Tradycyjna „sól ziemi" Nowej Anglii.
But this group gave an almost completely negative result.
Jednak ta grupa dała wynik prawie całkowicie negatywny.
Though there were some exceptions to this group too.
Choć i w tej grupie zdarzały się wyjątki.
**Scattered cases of uneasy but formless nocturnal
impressions.**
Rozproszone przypadki niepokojących, lecz bezkształtnych
wrażeń nocnych.
**Their reports were always between March 23rd and April
2nd.**
Ich raporty zawsze pojawiały się między 23 marca a 2
kwietnia.
**This aligned with the same period of young Wilcox's
delirium.**
Zbiegło się to w czasie z okresem delirium młodego Wilcoxa.
Men of science had been only a little more affected.
Ludzie nauki byli pod większym wrażeniem.
Though four cases of vague description were of interest.
Chociaż cztery przypadki o niejasnym opisie były interesujące.
They had had fugitive glimpses of strange landscapes.
Mieli ulotne widoki dziwnych krajobrazów.
**And in one case a dread of something abnormal was
mentioned.**
A w jednym przypadku wspomniano o obawie, że wydarzy
się coś nienormalnego.
**It was from the artists and poets that the pertinent answers
came.**
Trafne odpowiedzi pochodziły od artystów i poetów.
It is a blessing no one had been able to compare notes.
Jakież to szczęście, że nikt nie mógł porównać notatek.
**Panic would have broken loose had they shared their
visions.**
Gdyby podzielili się swoimi wizjami, wybuchłaby panika.

This, however, did not dispel my ingrained skepticism.
Nie rozwiało to jednak mojego głęboko zakorzenionego
sceptycyzmu.
**Others might have come to mythical conclusions much
quicker.**
Inni mogliby dojść do mitycznych wniosków znacznie
szybciej.
But the original letters were lacking from the notes.
Jednak w notatkach brakowało oryginalnych listów.
**I half suspected the compiler of having asked leading
questions.**
Podejrzewałem, że autor zadawał pytania sugerujące
odpowiedź.
Or perhaps the correspondences weren't entirely original.
A może te powiązania nie były całkowicie oryginalne.
Perhaps my uncle had resolved to confirm Wilcox's dreams.
Być może mój wujek postanowił potwierdzić sny Wilcoxa.
That is why I continued to feel suspicious of the sculptor.
Dlatego nadal miałem podejrzenia co do rzeźbiarza.
Perhaps he was still cognizant of my uncle's old data.
Być może nadal znał stare dane mojego wujka.
Perhaps he had been imposing on the veteran scientist.
Być może narzucał się doświadczonemu naukowcowi.
Nonetheless, the corroborating data had to be investigated.
Niemniej jednak konieczne było zbadanie danych
potwierdzających.

***

The responses from the esthetes told a disturbing tale.
Odpowiedzi estetów opowiadają niepokojącą historię.
From February 28th to April 2nd their dreams aligned.
Od 28 lutego do 2 kwietnia ich marzenia się spełniły.
**And a large proportion of them had dreamed very bizarre
things.**
A wielu z nich śniło bardzo dziwne rzeczy.

The timing of the intensity of their dreams was also of interest.

Interesujące było również to, z jaką intensywnością pojawiały się ich sny.

The period of the sculptor's delirium marked a highpoint.

Okres delirium rzeźbiarza był punktem kulminacyjnym.

The intensity of their dreams were immeasurably the stronger.

Intensywność ich snów była nieporównywalnie większa.

Over a quarter reported unfamiliar and unpronounceable sounds.

Ponad jedna czwarta respondentów stwierdziła, że słyszała nieznane i niemożliwe do wymówienia dźwięki.

Noises not dissimilar to what Wilcox had also described.

Hałasy nie były bardzo podobne do tych, które opisał Wilcox.

Some described highly elaborate and impossible architecture.

Niektórzy opisywali niezwykle skomplikowaną i niemożliwą do wykonania architekturę.

And some of the dreamers confessed to an acute fear.

Niektórzy śniący przyznawali się do silnego strachu.

Like Wilcox, they had seen some gigantic nameless thing.

Podobnie jak Wilcox, widzieli coś gigantycznego i bezimiennego.

One case, which the note describes with emphasis, was very sad.

Jeden przypadek, opisany w notatce ze szczególnym naciskiem, był bardzo smutny.

The subject was a widely known architect of the region.

Tematem był powszechnie znany w regionie architekt.

He too had leanings toward theosophy and occultism.

On również skłaniał się ku teozofii i okultyzmowi.

This man went violently insane on March the 22nd.

Ten mężczyzna gwałtownie postradał zmysły 22 marca.

The exact same date of young Wilcox's seizure.

Dokładnie tej samej daty, w której młody Wilcox doznał ataku padaczki.

He expired several months later, after incessant screaming.
Zmarł kilka miesięcy później, po nieustannym krzyczeniu.
He begged to be saved from some escaped denizen of hell.
Błagał, aby go uratowano przed jakimś zbiegłym
mieszkańcem piekła.
Regrettably, my uncle did not refer to these cases by name.
Niestety, mój wujek nie wymienił tych przypadków z nazwy.
Instead, all studies were given nothing more than a number.
Zamiast tego wszystkim badaniom podawano jedynie
numery.
**This way I was limited in attempting any personal
investigation.**
W ten sposób ograniczyłem możliwość przeprowadzenia
jakiegokolwiek osobistego śledztwa.
And corroborating the evidence further was demanding.
A potwierdzenie tych dowodów było wymagające.
But finally I did succeed in tracing down some cases.
Ale w końcu udało mi się dotrzeć do kilku przypadków.
I should have trusted the notes from my uncle.
Powinienem był zaufać notatkom mojego wujka.
They reported their dreams true to their reports.
Opowiedzieli, że ich sny są zgodne z rzeczywistością.
**I have often wondered what they thought the questioning
meant.**
Często się zastanawiałem, co ich zdaniem oznaczało to
przesłuchanie.
It is for the best that no explanation shall ever reach them.
Najlepiej będzie, jeśli żadne wyjaśnienia do nich nie dotrą.

***

**As I have mentioned, my uncle also collected press
clippings.**
Jak już wspomniałem, mój wujek również zbierał wycinki
prasowe.
These press clippings corresponded to the dates in question.
Wycinki prasowe odpowiadały kwestionowanym datom.

The sources were scattered throughout the globe.
Źródła były rozsiane po całym świecie.
Professor Angell must have employed a cutting bureau.
Profesor Angell musiał używać noża tnącego.
Because the number of extracts was tremendous.
Ponieważ liczba wyciągów była ogromna.
There was a parallel to this part of his research.
Istniała pewna analogia do tej części jego badań.
Cases of panic, mania, and eccentricity.
Przypadki paniki, manii i ekscentryczności.
One case was a nocturnal suicide in London.
Jednym z przypadków było nocne samobójstwo w Londynie.
A lone sleeper had leaped from a window after a shocking cry.
Samotna osoba śpiąca wyskoczyła przez okno po usłyszeniu przerażającego krzyku.
A rambling letter to the editor of a paper in South America.
Chaotyczny list do redaktora gazety w Ameryce Południowej.
A fanatic deduces a dire future from visions he had had.
Fanatyk wywnioskował straszną przyszłość na podstawie wizji, które miał.
A dispatch from California describes a theosophist colony.
W depeszy z Kalifornii opisano kolonię teozofów.
They donned white robes en masse for some "glorious fulfilment".
Masowo zakładali białe szaty, aby osiągnąć „wspaniały stan”.
Although that "glorious fulfilment" never arose.
Chociaż to „wspaniałe spełnienie” nigdy nie nastąpiło.
There seems to be serious unrest from the natives in India.
Wygląda na to, że wśród tubylców w Indiach panuje poważne zamieszanie.
Voodoo orgies multiplied in Haiti.
Orgie voodoo stają się coraz popularniejsze na Haiti.
African outposts report ominous mutterings.
Afrykańskie placówki donoszą o złowrogich pomrukach.
American officers in the Philippines find certain tribes bothersome.

Amerykańscy oficerowie na Filipinach uważają pewne
plemiona za uciążliwe.
New York policemen are mobbed by hysterical Levantines.
Nowojorscy policjanci są atakowani przez histerycznych
mieszkańców Lewantu.
This occurred exactly on the night of March 22-23.
Miało to miejsce dokładnie w nocy z 22 na 23 marca.
**The west of Ireland, too, was full of wild rumor and
legendry.**
Zachodnia Irlandia również słynęła z niesamowitych plotek i
legend.
**A fantastic painter named Ardois-Bonnot made the news in
France.**
Wspaniały malarz o nazwisku Ardois-Bonnot stał się sławą
we Francji.
**He hung a blasphemous dream landscape in the Paris spring
salon.**
Powiesił bluźnierczy pejzaż-sny w paryskim salonie
wiosennym.
**The recorded troubles in insane asylums were
immeasurable.**
Zanotowane problemy w zakładach psychiatrycznych były
niemierzalne.
**A miracle must have kept the medical fraternities
unsuspecting.**
Musiał nastąpić cud, który sprawił, że środowisko lekarskie
nic nie podejrzewało.
But they never noted the strange parallelisms of the cases.
Ale nigdy nie zauważyli dziwnych paralelizmów tych
przypadków.
Else they too would have come to mystified conclusions.
W przeciwnym wypadku oni również doszliby do
zaskakujących wniosków.
**I must confess these were indeed a set of weird paper
cuttings.**
Muszę przyznać, że to rzeczywiście był zestaw dziwnych
wycinków papieru.

My uncle had put forward a convincing argument.

Mój wujek przedstawił przekonujący argument.

I can't explain how I set the evidence aside.

Nie potrafię wyjaśnić, jak mogłem odrzucić dowody.

But my callous rationalism took the upper hand.

Jednak mój bezduszny racjonalizm wziął górę.

And I was still suspicious of the young sculptor, Wilcox.

A ja wciąż byłem podejrzliwy wobec młodego rzeźbiarza Wilcoxa.

He must have known of the older matters mentioned by the professor.

Musiał znać starsze sprawy, o których wspominał profesor.

The Tale of Inspecter Legrasse
Opowieść o inspektorze Legrasse

Let me turn your attention away from the young sculptor.
Pozwólcie, że odwrócę waszą uwagę od młodego rzeźbiarza.
And let us focus on the second half of the manuscript.
A teraz skupmy się na drugiej połowie manuskryptu.
A few dreams alone would not have been so significant.
Kilka snów nie miałoby aż tak wielkiego znaczenia.
The bas-relief could have been dismissed as a hoax.
Płaskorzeźbę można było uznać za mistyfikację.
But my uncle had previously been primed to take interest.
Ale mój wujek już wcześniej był gotowy się tym
zainteresować.
Wilcox's dream seemed to have a link to past events.
Sen Wilcoxa zdawał się być powiązany z wydarzeniami z
przeszłości.
It wasn't the first time that he had heard that word.
Nie był to pierwszy raz, kiedy słyszał to słowo.
The ominous syllables perhaps written as "Cthulhu".
Złowieszcze sylaby prawdopodobnie zapisano jako
„Cthulhu".
He had seen and heard of similar descriptions before.
Widział i słyszał podobne opisy już wcześniej.
The hellish outlines of the nameless monstrosity.
Piekielne zarysy bezimiennej potworności.
He had previously puzzled over the same hieroglyphics.
Już wcześniej łamał sobie głowę nad tymi samymi
hieroglifami.
All this produced a horrible connection of events.
Wszystko to spowodowało okropny splot zdarzeń.
It is no wonder he pursued young Wilcox with queries.
Nic dziwnego, że zadawał młodemu Wilcoxowi pytania.
And we must not be surprised he interrogated Wilcox so.
I nie powinniśmy być zaskoczeni, że tak przesłuchiwał
Wilcoxa.
This earlier experience had come in the year of 1908.

To wcześniejsze doświadczenie miało miejsce w roku 1908.
Seventeen years before Wilcox came to my great-uncle.
Siedemnaście lat przed przybyciem Wilcoxa do mojego stryja.
The archeological society were meeting in St. Louis.
Towarzystwo archeologiczne spotykało się w St. Louis.
Professor Angell had a prominent part in the deliberations.
Profesor Angell odgrywał ważną rolę w obradach.
His responsibilities befitted one of his authority.
Jego obowiązki były zgodne z jego autorytetem.
**He was one of the first to be approached by several
outsiders.**
Był jednym z pierwszych, do którego zgłosiło się kilka osób z
zewnątrz.
They took advantage of the convocation to offer questions.
Skorzystali z okazji i zadawali pytania.
They hoped for correct answering from an expert.
Mieli nadzieję na poprawną odpowiedź eksperta.
They each had very peculiar types of problems.
Każdy z nich miał bardzo specyficzny rodzaj problemów.
And they required very different types of solutions.
I wymagały zupełnie różnych rozwiązań.
The chief of these was a common-looking middle-aged man.
Przywódcą tych ludzi był zwyczajnie wyglądający mężczyzna
w średnim wieku.
And he quickly became the meeting's focus of interest.
Szybko stał się obiektem zainteresowania zebranych.

***

He had traveled to St. Louis all the way from New Orleans.
Podróżował do St. Louis aż z Nowego Orleanu.
He had come to the meeting for special information.
Przybył na spotkanie, aby uzyskać specjalne informacje.
Knowledge that could not be unobtained from local source.
Wiedza, której nie da się pozyskać spoza lokalnego źródła.
His name was John Raymond Legrasse, police inspector.
Nazywał się John Raymond Legrasse i był inspektorem policji.

He bore with him the mysterious subject of his inquiries.

Zabierał ze sobą tajemniczy przedmiot swoich dociekań.

A grotesque and apparently very ancient stone statuette.

Groteskowa i najwyraźniej bardzo stara kamienna figurka.

A statuette whose origin no one had been able to determine.

Statuetka, której pochodzenia nikt nie zdołał ustalić.

But don't assume Inspector Legrasse was an archeologist.

Nie zakładajmy jednak, że inspektor Legrasse był
archeologiem.

He had very little interest in archeology, nor mythology.

Archeologia i mitologia nie interesowały go zbytnio.

**His wish for enlightenment had rather different
motivations.**

Jego pragnienie oświecenia miało zgoła inne motywy.

**He was prompted to come by purely professional
considerations.**

Skłoniły go do tego względy czysto zawodowe.

The statuette had been captured as part of a police raid.

Statuetkę zdobyto w trakcie policyjnej obławy.

Although whether it was even a statuette wasn't determined.

Chociaż nie ustalono, czy była to w ogóle statuetka.

It could also have been an idol, magic fetish, or charm.

Mógł to być również bożek, magiczny fetysz lub amulet.

**Whatever it was, it had been captured some months
previously.**

Cokolwiek to było, zostało schwytane kilka miesięcy
wcześniej.

**A meeting was being held in the wooded swamps of New
Orleans.**

Spotkanie odbywało się na zalesionych bagnach Nowego
Orleanu.

**The police had been tipped of about a supposed voodoo
meeting.**

Policja otrzymała informację o rzekomym spotkaniu voodoo.

Strange and hideous rites connected with the voodoo circle.

Dziwne i odrażające obrzędy związane z kręgiem voodoo.

The police could not but realize what they had stumbled on.

Policja nie mogła nie zdać sobie sprawy, na co się natknęła.
A dark cult previously totally unknown to the authorities.
Mroczny kult, dotąd całkowicie nieznany władzom.
Infinitely more sinister than what an outsider could expect.
Nieskończenie bardziej złowrogie, niż mógłby przypuszczać ktoś z zewnątrz.
More diabolic than the blackest of the African voodoo circles.
Bardziej diaboliczne niż najczarniejsze afrykańskie kręgi voodoo.
Unbelievable tales were extorted from the captured cult members.
Od pojmanych członków sekty wymuszano niewiarygodne opowieści.
But nothing of the relic's origin could be discovered.
Nie udało się jednak ustalić żadnych informacji na temat pochodzenia relikwii.
Hence the anxiety of the police for any antiquarian lore.
Stąd niepokój policji o wszelkie legendy antykwaryczne.
Ancient mythology might explain the frightful symbol.
Wyjaśnienie tego przerażającego symbolu można znaleźć w mitologii starożytnej.
Deeper knowledge could perhaps track the fountain-head.
Głębsza wiedza pozwoliłaby zapewne na odnalezienie źródła.
Inspector Legrasse was not prepared for the excitement he created.
Inspektor Legrasse nie był przygotowany na tak wielkie poruszenie.
One sight of the mysterious object was all that was required.
Wystarczyło jedno spojrzenie na tajemniczy obiekt.
The assembled men of science were filled with curiosity.
Zgromadzeni ludzie nauki byli pełni ciekawości.
They lost no time in crowding closely around the inspector.
Nie tracąc czasu, otoczyli inspektora.
And they all tried to get the best look at the diminutive figure.
Wszyscy starali się jak najlepiej przyjrzeć tej drobnej postaci.

The genuinely abysmal antiquity inspired wild imagination.
Prawdziwie ohydna starożytność pobudzała bujną
wyobraźnię.
**The strangeness hinted so potently at unopened and archaic
vistas.**
Dziwność ta sugestywnie sugerowała nieotwarte i archaiczne
widoki.
**No recognized school of sculpture had animated this terrible
object.**
Żadna uznana szkoła rzeźbiarska nie ożywiła tak strasznego
obiektu.
**Yet centuries seemed recorded in the dim and greenish
surface.**
A jednak wieki zdawały się być zapisane w mętnej i
zielonkawej powierzchni.
**Perhaps thousands of years were hidden in this unplaceable
stone.**
Być może tysiące lat kryły się w tym niemożliwym do
umieszczenia kamieniu.
The figurine was finally passed slowly from man to man.
Na koniec figurkę powoli przekazywano z rąk do rąk.
**Each scientist carefully studied the strange markings of the
stone.**
Każdy naukowiec uważnie badał dziwne znaki na kamieniu.
The work was between seven and eight inches in height.
Wysokość dzieła wynosiła od siedmiu do ośmiu cali.
And the exquisite artistic workmanship must be noted.
Na uwagę zasługuje również kunszt wykonania
artystycznego.
**The carvings represented a monster of vaguely anthropoid
outline.**
Rzeźby przedstawiały potwora o nieokreślonym,
człekokształtnym kształcie.
On the face of the octopus-esque head was a mass of feelers.

Na twarzy przypominającej ośmiornicę głowy znajdowało się mnóstwo czułków.

Prodigious claws on hind and fore feet protruded from the body.

Z ciała wystawały ogromne pazury na tylnych i przednich łapach.

The bloated corpulence had a rubbery looking quality to it.

Nabrzmiała tkanka miała gumowaty wygląd.

And from behind the rubbery body came out two narrow wings.

A zza gumowatego ciała wyłoniły się dwa wąskie skrzydła.

It would be instinctual to think of this thing as fearsome.

Instynktownie należałoby pomyśleć o tym jako o czymś przerażającym.

There was an unnatural malignancy to the aura of the creature.

Aura stworzenia emanowała nienaturalną złośliwością.

The gargantuan squatted evilly on a rectangular block.

Gargantuiczny stwór złowrogo siedział na prostokątnym bloku.

The pedestal it was on was covered with undecipherable characters.

Postument, na którym się znajdował, pokryty był nieczytelnymi znakami.

The tips of the wings touched the back edge of the block.

Końce skrzydeł dotykały tylnej krawędzi bloku.

The creature was sitting on the middle of the giant block.

Stworzenie siedziało na środku gigantycznego bloku.

Its legs were doubled up under its monstrous body.

Jego nogi podwijały się pod monstrualnym ciałem.

The long, curved claws gripped the front edge of the cliff.

Długie, zakrzywione pazury chwyciły przednią krawędź klifu.

The cephalopod head was bent forward, observing its kingdom.

Głowa głowonoga pochylała się do przodu, obserwując swoje królestwo.

The ends of the facial feelers brushed the backs of huge forepaws.
Końce czułków na twarzy ocierały się o grzbiety ogromnych przednich łap.
And the forepaws clasped the croucher's elevated knees.
A przednie łapy objęły uniesione kolana kucającego.
The appearance of the grotesque scene was abnormally lifelike.
Wygląd tej groteskowej sceny był nienaturalnie realistyczny.
But this lifelike quality only added a subtle reason to be more fearful.
Ale ta realistyczna cecha stanowiła tylko subtelny powód, by odczuwać jeszcze większy strach.
Because we knew nothing about the source of the depiction.
Ponieważ nie wiedzieliśmy nic o źródle przedstawienia.
The creature's vast, awesome, and incalculable age was unmistakable.
Nie sposób było pomylić ogromu, grozy i nieobliczalnego wieku tego stworzenia.
But not one link did the depiction show with any known type of art.
Jednakże przedstawienie to nie zawierało żadnego związku z jakąkolwiek znaną formą sztuki.
Not even the earliest civilizations made reference to this creature.
Nawet najwcześniejsze cywilizacje nie wspominają o tym stworzeniu.
But that is not the only point at which our knowledge failed us.
Ale to nie jest jedyny punkt, w którym zawiodła nas nasza wiedza.

***

The mineralogy of the stone was also a complete mystery.
Mineralogia tego kamienia również pozostawała całkowitą zagadką.

Gold specks dotted the soapy, greenish-black stone.

Złote drobinki zdobiły mydlany, czarno-zielony kamień.

Iridescent striations ran along the length of the stone.

Wzdłuż kamienia biegły tęczowe prążki.

In short, the stone resembled nothing within mineralogy.

Krótko mówiąc, kamień ten nie przypominał niczego, co można znaleźć w mineralogii.

Geologists hadn't been able to identify the stone either.

Geologom również nie udało się zidentyfikować kamienia.

The hieroglyphs along the stone were equally baffling.

Hieroglify na kamieniu były równie zagadkowe.

The writing system was horribly different than other scripts.

System pisma strasznie różnił się od innych alfabetów.

A representation of half the world's leading experts was present.

Obecna była reprezentacja połowy czołowych ekspertów na świecie.

But no link to any known writing system could be established.

Nie udało się jednak nawiązać połączenia z żadnym znanym systemem pisma.

Everything frightfully suggested an old and unhallowed cycle of life.

Wszystko przerażająco sugerowało stary i niegodziwy cykl życia.

A history in which our world and our conceptions played no part.

Historia, w której nasz świat i nasze wyobrażenia nie odgrywały żadnej roli.

The experts shook their heads, admitting they had been defeated.

Eksperci pokręcili głowami, przyznając, że ponieśli porażkę.

But one expert did not give up quite so quickly.

Jednak jeden ekspert nie poddał się tak szybko.

He claimed to have a touch of bizarre familiarity with the subject.

Twierdził, że ma nieco dziwną znajomość tematu.

The monstrous shape and writing weren't entirely new to
him.
Potworny kształt i pismo nie były dla niego czymś zupełnie
nowym.
With some diffidence he told of the odd trifle he knew.
Z pewną nieśmiałością opowiedział o pewnym drobnym
szczególe, który znał.
This person was the late William Channing Webb.
Tą osobą był nieżyjący już William Channing Webb.
He was professor of anthropology in Princeton University.
Był profesorem antropologii na Uniwersytecie Princeton.
And he was an explorer of no small significance.
Był on odkrywcą o niemałym znaczeniu.

***

Forty-eight years ago he was exploring Greenland and
Iceland.
Czterdzieści osiem lat temu zwiedzał Grenlandię i Islandię.
His group were in search of some Runic inscriptions.
Jego grupa poszukiwała inskrypcji runicznych.
But the expedition failed to unearth any inscriptions.
Jednak ekspedycja nie odkryła żadnych inskrypcji.
They trekked the heights of West Greenland's coasts.
Wędrowali po szczytach wybrzeży zachodniej Grenlandii.
Here they encountered a strange cult of degenerate Eskimos.
Tutaj natknęli się na dziwny kult zdegenerowanych
Eskimosów.
Their religion consisted of a form of devil-worship.
Ich religia była formą kultu diabła.
And their rituals were deliberately bloodthirsty and
repulsive.
A ich rytuały były celowo krwawe i odrażające.
It was a faith of which other Eskimos knew little.
Była to wiara, o której inni Eskimosi wiedzieli niewiele.
Locals shuddered at the mention of their practices.
Mieszkańcy wzdrygali się na wzmiankę o takich praktykach.

They said their believes came from horribly ancient eons.
Powiedzieli, że ich wiara wywodzi się ze straszliwie
starożytnych eonów.
**A time before the world as we know it now had ever been
made.**
Czasy, kiedy świat, jaki znamy dzisiaj, jeszcze nie istniał.
There were human sacrifices and queer hereditary rituals.
Odbywały się tam ofiary z ludzi i dziwne rytuały
dziedziczenia.
And all their worship was directed at a supreme tornasuk.
A cała ich cześć skierowana była ku najwyższemu tornasuk.
**Professor Webb had taken a phonetic copy from an aged
angekok.**
Profesor Webb sporządził fonetyczną kopię starego angekoka.
**He had transcribed the wizard-priest's chants as best he
could.**
Spisał zaklęcia kapłana-czarodzieja tak dobrze, jak potrafił.
**But currently these transcriptions weren't of prime
significance.**
Ale w tamtym czasie transkrypcje te nie miały
pierwszorzędnego znaczenia.
The cult had a cherished stone that they worshipped.
Kult ten miał kamień, który czcił.
**They danced wildly when the aurora leaped over the ice
cliffs.**
Tańczyli dziko, gdy zorza polarna przeskakiwała nad
lodowymi klifami.
And in the midst of their dance was the strange stone.
A pośród ich tańca znajdował się dziwny kamień.
It was, the professor stated, a very crude bas-relief of stone.
Profesor stwierdził, że jest to bardzo prymitywna
płaskorzeźba kamienna.
**The stone comprised a hideous picture and some cryptic
writing.**
Na kamieniu znajdował się odrażający obraz i tajemniczy
napis.
And as far as he could tell this stone was a rough parallel.

I na ile mógł stwierdzić, kamień ten był mniej więcej analogiczny.

The stone had all the same essential features of bestial things.

Kamień ten miał wszystkie istotne cechy rzeczy zwierzęcych.

The scientists received this data with suspense and astonishment.

Naukowcy przyjęli te dane z napięciem i zdziwieniem.

Even Inspector Legrasse had quickly gained an interest in mythology.

Nawet inspektor Legrasse szybko zainteresował się mitologią.

And he began at once to ply his informant with questions.

I natychmiast zaczął zasypywać swego informatora pytaniami.

He had notes of the oral ritual of the cult-worshipers in the swamp.

Posiadał notatki dotyczące ustnego rytuału czcicieli kultu na bagnach.

He besought the professor to remember the diabolist Eskimos' chants.

Błagał profesora, aby przypomniał sobie diaboliczne pieśni Eskimosów.

There then followed an exhaustive comparison of details.

Następnie przeprowadzono wyczerpujące porównanie szczegółów.

And there then followed a moment of really awed silence.

A potem zapadła chwila pełnej podziwu ciszy.

The Eskimo wizards and the Louisiana swamp-priests were worlds apart.

Czarodzieje Eskimosów i kapłani z bagien Luizjany to zupełnie różne światy.

And yet there was a phrase the two hellish rituals had in common.

A jednak istniało pewne zdanie, które łączyło oba piekielne rytuały.

"Ph'nglui mglw'nafh Cthulhu R'lyeh wgah'nagl fhtagn."

„Ph'nglui mglw'nafh Cthulhu R'lyeh wgah'nagl fhtagn."

***

Legrasse had one advantage over Professor Webb.
Legrasse miał jedną przewagę nad profesorem Webbem.
He had spoken to several of his mongrel prisoners.
Rozmawiał z kilkoma swoimi więźniami-kundlami.
Some of them had passed on the phrase's meaning.
Niektórzy z nich przekazali znaczenie tego zwrotu dalej.
"In his house at R'lyeh dead Cthulhu waits dreaming."
„W swym domu w R'lyeh czeka i śni martwy Cthulhu.”
So the attention turned back to Inspector Legrasse.
Więc uwaga ponownie skupiła się na inspektorze Legrasse'ie.
And he was probed with many disconnected questions.
Zadawano mu wiele nie powiązanych ze sobą pytań.
He detailed his experience with the worshipers from the swamp.
Opowiedział szczegółowo o swoich przeżyciach związanych z wiernymi z bagien.
My uncle attached profound significance to the story.
Mój wujek przywiązywał ogromne znaczenie do tej historii.
The report savored of the wildest dreams of myth-makers.
Raport był przejawem najśmielszych marzeń twórców mitów.
Theosophists could not have provided more imagination.
Teozofowie nie mogliby wykazać się większą wyobraźnią.
But the philosophies came from unexpected sources.
Ale te filozofie przyszły z nieoczekiwanych źródeł.
Half-castes and pariahs told these fantastical stories.
Mieszane kasty i wyrzutki opowiadały te fantastyczne historie.
On November 1st, 1907, his chain of events unfolded.
1 listopada 1907 roku rozpoczął się ciąg wydarzeń.
The New Orleans police received desperate calls.
Policja w Nowym Orleanie otrzymała rozpaczliwe telefony.
They were called to the swamp and lagoon country to the south.
Wezwano ich do bagien i lagun na południu.

The settlers there were mostly primitive, but good-natured.
Osadnicy byli tam w większości prymitywni, ale dobroduszni.
Most living by the swamp were descendants of Lafitte's men.
Większość mieszkańców bagien była potomkami ludzi Lafitte'a.
But now they were in the grip of stark terror.
Teraz jednak ogarnęła ich straszna groza.
An unknown thing had stolen upon them in the night.
W nocy ktoś ich okradł.
It was voodoo, apparently, that caused the disturbance.
Wygląda na to, że to voodoo było przyczyną zamieszek.
But it was a voodoo unlike the other forms of voodoo.
Ale było to voodoo, różniące się od innych form voodoo.
Voodoo of a more terrible sort than they had ever known.
Voodoo straszniejsze niż to, co kiedykolwiek znali.
Some of their women and children had disappeared.
Część ich kobiet i dzieci zniknęła.
A malevolent drumming had begun its incessant beating.
Złowrogi bęben zaczął nieprzerwanie bić.
Far and deep within those dark, black haunted woods.
Daleko i głęboko w tych ciemnych, czarnych, nawiedzonych lasach.
There, where no dweller dared to ventured close to.
Tam, gdzie żaden mieszkaniec nie odważył się zbliżyć.
There were insane shouts and harrowing screams.
Słychać było szalone krzyki i przerażające wrzaski.
Soul-chilling chants and dancing devil-flames.
Mrożące krew w żyłach pieśni i tańczące płomienie diabła.
The messenger and his people could stand it no more.
Posłaniec i jego ludzie nie mogli tego dłużej znieść.
A body of twenty police set out in the late afternoon.
Dwudziestoosobowa grupa policjantów wyruszyła późnym popołudniem.
And a shivering settler came with them as a guide.
A z nimi, jako przewodnik, towarzyszył im zziębnięty osadnik.

***

At the end of the passable road they alighted.
Na końcu przejezdnej drogi wysiedli.
For miles and miles they splashed on in silence.
Przez wiele mil pluskali się w milczeniu.
And they went on through the terrible cypress woods.
I poszli przez straszny las cyprysowy.
Dark, dark woods in which day but almost never came.
Ciemne, ciemne lasy, do których dzień prawie nigdy nie zapadał.
Ugly roots set traps for them in the wet ground.
Brzydkie korzenie zastawiają na nie pułapki w mokrej ziemi.
Malignant hanging nooses of Spanish moss beset them.
Otaczały ich złośliwe pętle z hiszpańskiego mchu.
In the distance the settlement slowly came into sight.
W oddali powoli zaczęła się pojawiać osada.
Hysterical dwellers ran out of the miserable huts.
Histeryczni mieszkańcy wybiegali z nędznych chat.
They clustered around the group of bobbing lanterns.
Zgromadzili się wokół grupy kołyszących się latarni.
Far, far ahead the cause of all the fear could be heard.
Daleko, daleko przed nami dało się usłyszeć przyczynę wszelkiego strachu.
The muffled beat of drums was now faintly audible.
Stłumiony dźwięk bębnów był teraz ledwo słyszalny.
At times the wind shifted and revealed different sounds.
Czasami wiatr zmieniał kierunek i uwalniał inne dźwięki.
Curdling shrieks were audible at infrequent intervals.
Przerażające wrzaski dało się słyszeć sporadycznie.
A reddish glare seemed to filter through the undergrowth.
Czerwonawy blask zdawał się przenikać przez zarośla.
The settlers were reluctant to be left alone again.
Osadnicy nie chcieli, aby znów zostali pozostawieni sami sobie.
But they point blank refused to move forwards either.

Ale oni również kategorycznie odmówili pójścia naprzód.

So the inspector and his colleagues plunged on unguided.

Więc inspektor i jego koledzy ruszyli dalej, nie mając do tego uprawnień.

And they went into the black arcades of horror.

I weszli w czarne arkady horroru.

The region was one of traditionally evil repute.

Region ten tradycyjnie cieszył się złą sławą.

The lands were substantially unknown by white men.

Ziemie te były praktycznie nieznane białym ludziom.

Not many explorers had traversed those regions yet.

Niewielu odkrywców przemierzyło jeszcze te regiony.

There were also legends of a hidden away lake.

Istniały również legendy o ukrytym jeziorze.

A body of water still unglimpsed by mortal sight.

Zbiornik wodny, którego śmiertelnik wciąż nie dostrzegł.

In the lake it was said there dwelt a strange creature.

Mówiono, że w jeziorze mieszkało dziwne stworzenie.

A huge, formless white polypous thing with luminous eye.

Ogromny, bezkształtny, biały, polipowaty twór ze świetlistym okiem.

And settlers whispered about bat-winged devils.

A osadnicy szeptali o diabłach o skrzydłach nietoperza.

They flew up out of caverns from the inner earth.

Wylatywały z jaskiń wnętrza Ziemi.

And together the demons worship it at midnight.

A demony wspólnie czczą go o północy.

They said it had been there before D'Iberville.

Powiedzieli, że było tam przed D'Iberville'em.

They said it had been there before La Salle too.

Powiedzieli, że było tam również przed La Salle.

They said it was there before the Native Americans.

Twierdzą, że istniało już przed przybyciem Indian.

Perhaps it was even there before the wholesome beasts.

Być może istniało już przed pojawieniem się zdrowych zwierząt.

It was a nightmare itself that made men dream.

To był koszmar, który sam w sobie sprawiał, że ludzie
marzyli.
And to see the thing was the same as death.
A zobaczyć tę rzecz było tym samym, co umrzeć.
And so they had enough warning to know to keep away.
Dzięki temu wiedzieli wystarczająco dużo, by trzymać się z
daleka.
Because it was indeed where they were warned it was.
Ponieważ rzeczywiście tam byli ostrzegani.
The voodoo orgy was on the fringe of this abhorred area.
Orgia voodoo odbywała się na obrzeżach tego odrażającego
obszaru.
But the location was already bad enough by itself.
Ale lokalizacja sama w sobie była wystarczająco zła.
The voodoo activities only added to the horror.
Praktyki voodoo tylko potęgowały grozę.
Perhaps poetry could do justice to the noises heard.
Być może poezja mogłaby oddać sprawiedliwość słyszanym
dźwiękom.
Otherwise only madness would help one understand.
W przeciwnym wypadku tylko szaleństwo pomogłoby nam to
zrozumieć.
But Legrasse's plowed on through the black morass.
Lecz Legrasse brnął dalej przez czarne bagno.
The sound of the muffled drumming slowly crystalized.
Dźwięk stłumionego bębnienia powoli się krystalizował.
And they continued steadily towards the red glare.
I podążali dalej, w kierunku czerwonego blasku.

***

There are vocal qualities specific to men.
Istnieją cechy głosu charakterystyczne dla mężczyzn.
And there are vocal qualities specific to beasts.
Istnieją także cechy głosu charakterystyczne dla zwierząt.
It is terrible when one makes the sounds of the other.
To straszne, gdy jedno wydaje dźwięki drugiego.

Animal fury freed them of their human restraint.
Zwierzęca furia uwolniła ich od ludzkich ograniczeń.
Orgiastic license whipped them into demoniac heights.
Orgiastyczna swoboda wyniosła ich na demoniczne wyżyny.
Howls that tore through those perpetually dark woods.
Wycie rozbrzmiewające w wiecznie ciemnym lesie.
Squawking ecstasies that echoed in everyone's mind.
Wrzaskliwe okrzyki ekstazy, które rozbrzmiewały w myślach każdego.
Sounds like pestilential tempests from the gulfs of hell.
Brzmi jak niszczycielskie burze z otchłani piekieł.
Now and then the less organized ululations would cease.
Od czasu do czasu mniej zorganizowane okrzyki cichły.
A well-drilled chorus of hoarse voices rose in singsong.
Dobrze wyćwiczony chór ochrypłych głosów rozbrzmiał śpiewnie.
And they chanted that hideous phrase of their ritual.
I skandowali tę odrażającą frazę swojego rytuału.
"Ph'nglui mglw'nafh Cthulhu R'lyeh wgah'nagl fhtagn"
„Ph'nglui mglw'nafh Cthulhu R'lyeh wgah'nagl fhtagn"
Then the men reached a spot where the trees were sparser.
Następnie mężczyźni dotarli do miejsca, gdzie drzewa były rzadsze.
Suddenly they come in sight of the spectacle itself.
Nagle ich oczom ukazuje się samo widowisko.
Four of them reeled from the horrible things they saw.
Czterech z nich doznało wstrząsu na skutek strasznych rzeczy, które zobaczyli.
One man fainted, and two were shaken into a frantic cry.
Jeden mężczyzna zemdlał, a dwóch innych wprawiło w panikę.
Fortunately their screams were not heard by other ears.
Na szczęście ich krzyki nie dotarły do nikogo.
The mad cacophony of the orgy deadened their screams.
Szalona kakofonia orgii stłumiła ich krzyki.
Legrasse splashed swamp water on the fainting man.
Legrasse ochlapał omdlałego mężczyznę wodą bagienną.

They stood up again, but nearly hypnotized with horror.

Znów wstali, ale byli niemal zahipnotyzowani przerażeniem.

In a natural glade of the swamp stood a grassy island.

Na naturalnej polanie bagiennej znajdowała się trawiasta wyspa.

The grassy island extended perhaps for an acre.

Trawiasta wyspa miała powierzchnię około akra.

And the area was clear of trees and tolerably dry.

A teren był wolny od drzew i w miarę suchy.

A horde of human abnormality leaped and twisted.

Horda ludzkich anomalii skakała i wiła się.

No Sime could paint what the men were seeing.

Żaden Sime nie potrafił namalować tego, co widzieli mężczyźni.

No Angarola has ever painted such an indescribable scene.

Żaden Angarola nigdy nie namalował tak nieopisalnej sceny.

The hybrid spawn made a monstrous ring-shaped bonfire.

Hybrydowe potomstwo utworzyło monstrualne ognisko w kształcie pierścienia.

They brayed bellowed and writhed about in their nudity.

Ryczały, wrzeszczały i wiły się nago.

Occasionally there were rifts in the curtain of flame.

Od czasu do czasu w zasłonie ognia pojawiały się pęknięcia.

And there the object of their worship revealed itself.

I tam objawił się obiekt ich kultu.

In the midst of the fire stood a great granite monolith.

Pośród ognia stał wielki granitowy monolit.

The stone structure was only about eight feet in height.

Kamienna konstrukcja miała zaledwie około ośmiu stóp wysokości.

And the noxious carven statuette rested on the monolith.

A niebezpieczna rzeźbiona figurka spoczywała na monolicie.

The idle was almost incongruous in its diminutiveness.

Bezczynność była wręcz nie na miejscu w swojej znikomości.

Spaced evenly, scaffolds had been erected around the fire.

Wokół ognia rozstawiono w równych odstępach rusztowania.

From the scaffolding hung a number of marred bodies.

Na rusztowaniu wisiało wiele zmasakrowanych ciał.
The bodies of those that had disappeared from nearby.
Ciała tych, którzy zaginęli w pobliżu.
It was inside this circle the ring of worshipers were.
Wewnątrz tego kręgu znajdowali się wierni.
And they roared and jumped in the frantic trance.
I ryczeli i skakali w szalonym transie.
The general direction of the motion was anti-clockwise.
Ogólny kierunek ruchu był przeciwny do ruchu wskazówek zegara.
The ring of bodies circling around the ring of fire.
Pierścień ciał krążący wokół pierścienia ognia.
One man recollected other details even more concerning.
Pewien mężczyzna przypomniał sobie inne, jeszcze bardziej niepokojące szczegóły.
But perhaps the echoes induced him to hear other things.
Ale być może echa skłoniły go do usłyszenia czegoś innego.
He fancied he heard antiphonal responses to the ritual.
Wydawało mu się, że słyszy antyfonalne odpowiedzi na rytuał.
Noises from an unillumined spot deeper within the woods.
Hałasy dochodzące z nieoświetlonego miejsca głębiej w lesie.
This man, Joseph D. Galvez, I later met and questioned.
Tego człowieka, Josepha D. Galveza, spotkałem później i przesłuchałem.
And he proved to indeed be distractingly imaginative.
I rzeczywiście okazał się niezwykle pomysłowy.
He even hinted at the faint beating of great wings.
Wspomniał nawet o delikatnym trzepotaniu wielkich skrzydeł.
And he suggested there was a glimpse of shining eyes.
Zasugerował też, że dostrzegł błysk błyszczących oczu.
And beyond the trees, a mountainous white bulk of something.
A za drzewami, górzysta, biała bryła czegoś.
I suppose he had heard too much native superstition.

Przypuszczam, że nasłuchał się zbyt wielu rodzimych przesądów.

But actually the horrified pause was relatively brief.

Ale tak naprawdę ta przerażająca pauza była stosunkowo krótka.

Duty came first, and they had come to do a job.

Obowiązek był najważniejszy, a oni przyjechali, żeby wykonać zadanie.

***

There must have been nearly a hundred mongrel celebrants.

Musiało być około stu mieszańców świętujących.

But the police were able to rely on their firearms.

Jednak policja mogła polegać na broni palnej.

And they plunged determinedly into the nauseous rout.

I rzucili się z determinacją w mdłą pogoń.

For five minutes the chaotic din was beyond description.

Przez pięć minut panował nieopisany chaos.

Wild blows were struck and shots were fired.

Rozległy się gwałtowne bójki i odgłosy strzałów.

Some escaped arrest by running into the darkness.

Niektórzy uniknęli aresztowania, uciekając w ciemność.

They had a better knowledge of the layout of the swamp.

Mieli lepszą wiedzę na temat układu bagien.

But Legrasse and his men caught around half of them.

Jednak Legrasse i jego ludzie złapali około połowę z nich.

And they counted around forty-seven sullen prisoners.

I naliczyli około czterdziestu siedmiu ponurych więźniów.

They were forced to put on their clothes again.

Zmuszono ich do ponownego założenia ubrań.

And they fell into line between two rows of policemen.

I ustawili się w szeregu pomiędzy dwoma rzędami policjantów.

Five of the worshipers lay dead by the fire.

Pięciu wiernych zginęło w pożarze.

Two severely wounded prisoners were carried away.

Dwóch ciężko rannych więźniów zostało zabranych.
Of course the image on the monolith was removed.
Oczywiście obraz na monolicie został usunięty.
Legrasse himself took the evidence to the police station.
Legrasse osobiście zawiózł dowody na komisariat policji.
The trip back to the headquarters was of intense strain.
Podróż powrotna do kwatery głównej była bardzo męcząca.
The men were examined when they got back to civilization.
Mężczyźni zostali przebadani po powrocie do cywilizacji.
The prisoners all proved to be men of a very low type.
Wszyscy więźniowie okazali się ludźmi bardzo niskiego
stanu.
They were all mixed-blooded, and mentally aberrant.
Wszyscy byli mieszańcami i mieli zaburzenia psychiczne.
Most were seamen by trade, or some similar professions.
Większość z nich była z zawodu marynarzami lub
przedstawicielami podobnych zawodów.
Negroes and mulattoes were sprinkled among them.
Byli wśród nich także Murzyni i Mulaci.
But most seemed to be West Indians or Brava Portuguese.
Większość z nich to jednak mieszkańcy Indii Zachodnich lub
Brava Portugalczycy.
They primarily came from the Cape Verde Islands.
Pochodzili głównie z Wysp Zielonego Przylądka.
They gave the heterogeneous cult a coloring of voodooism.
Nadali temu heterogenicznemu kultowi zabarwienie voodoo.
But there wasn't even a need to ask too many questions.
Ale nie było potrzeby zadawania zbyt wielu pytań.
The conclusion quickly became manifest by itself.
Wniosek ten szybko stał się oczywisty.
Something far deeper than negro fetishism was involved.
Chodziło tu o coś o wiele głębszego niż fetyszyzm murzyński.
Although ignorant, but their story was consistent.
Choć nie mieli wiedzy, ich historia była spójna.
The creatures all spoke of the same central idea.
Wszystkie stworzenia mówiły o tej samej, głównej idei.
They certainly all shared the same loathsome faith.

Z pewnością wszyscy podzielali tę samą odrażającą wiarę.
They worshiped, so they said, the great old ones.
Mówili, że oddawali cześć wielkim, starożytnym bóstwom.
The great old ones lived long before there were any men.
Wielcy ludzie żyli na długo przed pojawieniem się pierwszych ludzi.
And they came to the young world out of the sky.
I przybyli do młodego świata z nieba.
Those old ones were now gone, they explained.
Jak wyjaśnili, stare już nie istnieją.
They were now inside the earth and under the sea.
Znajdowali się teraz wewnątrz ziemi i pod wodą.
But their dead bodies found ways to tell their secrets.
Jednak ich zwłoki znalazły sposób, by ujawnić swoje sekrety.
They whispered into the dreams of the first men.
Szeptały do snów pierwszych ludzi.
And the first men formed a cult which has never died.
A pierwsi ludzie założyli kult, który nigdy nie umarł.

***

The cult had always existed, and always would exist.
Ten kult istniał zawsze i zawsze będzie istniał.
Their followers were hidden in wastes all over the world.
Ich zwolennicy ukrywali się na pustkowiach całego świata.
Their followers were in dark places explorers overlooked.
Ich zwolennicy znajdowali się w mrocznych miejscach, które inni odkrywcy przeoczyli.
And they would remain hidden until they were called.
I pozostawali w ukryciu, dopóki nie zostali wezwani.
When the great priest Cthulhu rises again to the surface.
Kiedy wielki kapłan Cthulhu znów wynurzy się na powierzchnię.
When Cthulhu brings the earth again beneath his sway.
Kiedy Cthulhu znów będzie miał władzę nad ziemią.
When Cthulhu leaves from his dark house in the mighty city of R'lyeh.

Kiedy Cthulhu opuszcza swój mroczny dom w potężnym mieście R'lyeh.

Some day he was going call, when the stars were ready.

Pewnego dnia zadzwoni, gdy gwiazdy będą gotowe.

And the secret cult will always be waiting to liberate him.

A tajny kult zawsze będzie czekał, by go uwolnić.

Meanwhile, no more of his story must be told.

W międzyczasie nie ma potrzeby opowiadania dalszej części jego historii.

There was a secret even torture could not extract.

Istniała tajemnica, której nawet tortury nie mogły wydobyć.

Mankind was not alone among the conscious things of earth.

Ludzkość nie była jedyną świadomą istotą na Ziemi.

Because shapes came out of the dark to visit the faithful few.

Ponieważ z ciemności wyłoniły się postacie, by odwiedzić garstkę wiernych.

But these were not the great old ones.

Ale to nie były te stare, wspaniałe rzeczy.

No man had ever seen the great old ones.

Żaden człowiek nigdy nie widział tych wielkich, starych istot.

The carven idol was of great Cthulhu.

Rzeźbiony bożek przedstawiał wielkiego Cthulhu.

None could say whether the others were like him.

Nikt nie potrafił powiedzieć, czy inni byli do niego podobni.

No one could read the old writing now.

Nikt już nie potrafił odczytać starego pisma.

Instead, things were told by word of mouth.

Zamiast tego, informacje przekazywano ustnie.

The chanted ritual was not the secret.

Śpiewany rytuał nie był tajemnicą.

The secret was never spoken aloud, only whispered.

Tajemnica nigdy nie została wypowiedziana na głos, jedynie szeptana.

The chant meant one thing, and one thing alone:

Pieśń ta oznaczała tylko i wyłącznie jedno:

"In his house at R'lyeh dead Cthulhu waits dreaming."

„W swym domu w R'lyeh czeka i śni martwy Cthulhu."

Only two of the prisoners were found sane enough to be
hanged.
Tylko dwóch więźniów uznano za na tyle zdrowych
psychicznie, że można ich było powiesić.
The rest of them were committed to various institutions.
Pozostali zostali oddani do różnych instytucji.
All denied to have taken any part in the ritual murders.
Wszyscy zaprzeczyli, że brali udział w rytualnych mordach.
They said the killing had been done by something else.
Powiedzieli, że zabójstwa dokonało coś innego.
"The black-winged ones," the each insisted, separately.
„Czarnoskrzydłe" – upierali się każdy z nich osobno.
They had come to them from their immemorial meeting-
place.
Przybyli do nich z miejsca spotkań, które odwiecznie istniało.
They had arisen out from the haunted woodlands.
Wyszli z nawiedzonego lasu.
But the stories of mysterious allies were inconsistent.
Jednak opowieści o tajemniczych sojusznikach nie były spójne.

****

What the police did extract came mainly from one man.
Informacje, które udało się policji wydobyć, pochodziły
głównie od jednego mężczyzny.
An immensely aged mestizo named Castro.
Bardzo stary Metys o imieniu Castro.
He claimed to have sailed to strange ports.
Twierdził, że pływał do dziwnych portów.
And he said he had been to the mountains of China.
I powiedział, że był w górach Chin.
There he talked with undying leaders of the cult.
Tam rozmawiał z nieśmiertelnymi przywódcami sekty.
Old Castro remembered bits of hideous legend.
Stary Castro pamiętał fragmenty okropnej legendy.
His legends paled the speculations of theosophists.
Jego legendy bledną w obliczu spekulacji teozofów.

His stories made man seem like a recent creation.
Jego opowieści sprawiały, że człowiek wydawał się czymś niedawnym.
Even the world was transient in his account of things.
Nawet świat wydawał się przemijający w jego ujęciu.
There had been eons when other Things ruled on the earth.
Przez całe eony inne Istoty rządziły ziemią.
And they had had great cities here on the earth.
I mieli wielkie miasta tutaj na ziemi.
The deathless Chinamen told him reserved secrets.
Nieśmiertelni Chińczycy powiedzieli mu zastrzeżone sekrety.
He had told him their ruins could still be found.
Powiedział mu, że ich ruiny nadal można odnaleźć.
There were still Cyclopean stones on islands in the Pacific.
Na wyspach Pacyfiku nadal można znaleźć kamienie cyklopowe.
They all died vast epochs of time before man came.
Wszystkie one wymarły na przestrzeni wieków przed pojawieniem się człowieka.
But there were knowledges and practices in ancients arts.
Ale istniała wiedza i praktyka w starożytnych sztukach.
Special rituals which could revive them again, in time.
Specjalne rytuały, które z czasem mogłyby ich ponownie ożywić.
In the cycle of eternity their return was inevitable.
W cyklu wieczności ich powrót był nieunikniony.
When the stars come round again to the right positions
Kiedy gwiazdy znów znajdą się na właściwych pozycjach
They had, indeed themselves come from the stars.
Oni sami rzeczywiście przybyli z gwiazd.
"These great old ones," Castro continued.
„Te wspaniałe stare" – kontynuował Castro.
They were not composed entirely of flesh and blood.
Nie składali się wyłącznie z ciała i krwi.
They had shape," Castro insisted, confidently.
„Mieli kształt" – upierał się Castro.
And he had strange proof for what he believed.

I miał dziwny dowód na poparcie swoich przekonań.
But the shape they took on was not made of matter.
Jednakże kształt, który przybrały, nie był zrobiony z materii.
When the stars were in their right positions.
Gdy gwiazdy znalazły się we właściwym położeniu.
Then they could plunge from one world to another.
Następnie mogliby przenieść się z jednego świata do drugiego.
Because they can move themselves through the sky.
Ponieważ mogą poruszać się po niebie.
But when the stars were wrong, they cannot live.
Lecz jeśli gwiazdy się mylą, nie mogą żyć.
And it is true that they no longer live like we do.
I prawdą jest, że oni już nie żyją tak jak my.
But despite that, they never really die either.
Ale mimo to, oni tak naprawdę nigdy nie umierają.
They rest in stone houses in their great city of R'lyeh.
Spoczywają w kamiennych domach w swoim wielkim mieście R'lyeh.
They are preserved by the spells of mighty Cthulhu.
Są one chronione zaklęciami potężnego Cthulhu.
So there they lie, unaffected by the passing of time.
Więc leżą tam, nietknięte upływem czasu.
And they wait for another glorious resurrection.
I czekają na kolejne chwalebne zmartwychwstanie.
When the stars and earth are ready for them again.
Kiedy gwiazdy i Ziemia będą znów na nie gotowe.
But they are still dependent on an outside force.
Ale nadal są zależni od siły zewnętrznej.
A force from outside served to liberate their bodies.
Siła z zewnątrz posłużyła do wyzwolenia ich ciał.
The spells preserved them and kept them intact.
Zaklęcia zachowały je i zachowały nienaruszone.
But the spells also kept them from breaking free.
Ale zaklęcia nie pozwoliły im się uwolnić.
So they could only lie awake in the dark and think.
Więc mogli tylko leżeć w ciemności i myśleć.

***

In the meantime uncounted millions of years rolled by.
W międzyczasie minęły niezliczone miliony lat.
They knew all that was occurring in the universe.
Wiedzieli o wszystkim, co działo się we wszechświecie.
Because their mode of speech was transmitted thought.
Ponieważ ich sposób mówienia był przekazem myśli.
Even now they were talking in their tombs.
Nawet teraz rozmawiali w swoich grobowcach.
Then, after infinities of chaos, the first men came.
Potem, po nieskończoności chaosu, przybyli pierwsi ludzie.
The great old ones spoke to the sensitive among them.
Wielcy starcy przemówili do wrażliwych spośród nich.
They spoke to them by molding their dreams.
Przemawiali do nich, kształtując ich marzenia.
**Only that way could their language reach the fleshly minds
of mammals.**
Tylko w ten sposób ich język mógł dotrzeć do cielesnych
umysłów ssaków.
Then, whispered Castro, those first men formed the cult.
Wtedy – szepnął Castro – ci pierwsi ludzie założyli kult.
They organized themselves around small idols.
Organizowali się wokół małych idoli.
The small idols which the great ones had shown them.
Małe bożki, które pokazali im wielcy.
Idols brought from dim eras from dark stars.
Idole przywiezieni z mrocznych epok, z ciemnych gwiazd.
That cult would never die till the stars came right again.
Kult ten nie umarłby, gdyby gwiazdy nie ułożyły się
ponownie w odpowiedniej pozycji.
**The secret priests were going to take great Cthulhu from His
tomb.**
Tajni kapłani zamierzali zabrać wielkiego Cthulhu z jego
grobowca.
And they were going to revive His subjects.

I zamierzali wskrzesić Jego poddanych.
And then Cthulhu was going to resume His rule of earth.
A potem Cthulhu zamierzał wznowić swoje panowanie nad
Ziemią.
The right time was going to reveal itself quite clearly.
Właściwy moment miał się ujawnić całkiem wyraźnie.
**At that time mankind will have become as the great old
ones.**
W tym czasie ludzkość stanie się taka, jak wielcy ludzie w
starożytności.
They will be free and wild and beyond good and evil.
Będą wolni i dzicy, poza dobrem i złem.
Laws and morals are going to be thrown aside.
Prawa i moralność zostaną odrzucone.
All men will be shouting and killing and reveling in joy.
Wszyscy ludzie będą krzyczeć, zabijać i cieszyć się.
Then the liberated old ones will teach them the new ways.
Następnie wyzwoleni starcy nauczą ich nowych dróg.
New ways to shout and kill and revel and enjoy.
Nowe sposoby krzyczenia, zabijania, świętowania i czerpania
przyjemności.
**And all the earth will flame with a holocaust of ecstasy and
freedom.**
A cała ziemia zapłonie całopaleniem ekstazy i wolności.
Meanwhile the cult had to practice the appropriate rites.
W międzyczasie kult musiał odprawiać odpowiednie obrzędy.
They had to keep alive the memory of those ancient ways.
Musieli podtrzymywać pamięć o tych starożytnych
zwyczajach.
And they had to shadow forth the prophecy of their return.
I musieli urzeczywistnić proroctwo swego powrotu.
**In the elder time chosen men spoke with the entombed Old
Ones.**
W dawnych czasach wybrani mężowie rozmawiali z
pogrzebanymi Starszymi.
The entombed Old Ones spoke to them in their dreams.

Pochowani w grobach Starzy Ludzie rozmawiali z nimi we śnie.
But then something disturbed their means of communication.
Ale nagle coś zakłóciło ich sposób komunikacji.
The great stone in the city R'lyeh had sunk beneath the waves.
Wielki kamień w mieście R'lyeh zatonął pod falami.
And the monoliths and sepulchers were beneath the waters.
A monolity i grobowce znajdowały się pod wodą.
Deep waters full of the one primal mystery.
Głębokie wody pełne pierwotnej tajemnicy.
Waters through which not even thought can pass.
Wody, przez które nawet myśl nie może przeniknąć.
Water that cut off their spectral communication.
Woda, która odcięła im widmową komunikację.
But the memory of the rites and rituals never died.
Jednak pamięć o obrzędach i rytuałach nigdy nie umarła.
And high priests said that the city would rise again.
A arcykapłani powiedzieli, że miasto powstanie ponownie.
When the stars were right Cthulhu was going to return.
Gdy gwiazdy ustawią się we właściwej pozycji, Cthulhu powróci.
The moldy black spirits of the earth will come out again.
Zgniłe, czarne duchy ziemi znów wyjdą na powierzchnię.
Shadowy black spirits full of dim rumors.
Mroczne, czarne duchy pełne niejasnych plotek.

***

The spirits collected in caverns beneath forgotten sea-bottoms.
Duchy zebrały się w jaskiniach pod zapomnianym dnem morskim.
But of those spirits old Castro dared not speak much.
Ale o tych duchach stary Castro nie śmiał mówić zbyt wiele.
And he hurriedly cut himself off from the topic.

I pospiesznie urwał temat.

No amount of persuasion could elicit more in this direction.

Żadna ilość perswazji nie mogłaby wywołać większego zainteresowania w tym kierunku.

No subtlety could convince him to speak of those spirits.

Żadna subtelność nie przekonała go do mówienia o tych duchach.

The size of the old ones, too, he curiously declined to mention.

Z ciekawością odmówił też wspomnienia o rozmiarach tych starych.

And of the cult he spoke very little too.

O kulcie również mówił bardzo niewiele.

He thought the center lay amid the pathless deserts of Arabia.

Uważał, że centrum leży wśród bezdroży pustyni Arabii.

There in Irem, the City of Pillars, dreams hidden and untouched.

Tam, w Irem, Mieście Filarów, marzenia ukryte i nietknięte.

This cult was not allied to the European witch-cult.

Kult ten nie był powiązany z europejskim kultem czarownic.

And the cult was virtually unknown beyond its members.

A kult ten był praktycznie nieznany poza swoimi członkami.

No book had ever really hinted of their knowledge.

Żadna książka nie wspominała o ich wiedzy.

Though the deathless Chinamen said the mad Arab Abdul Alhazred came close.

Choć nieśmiertelni Chińczycy powiedzieli, że szalony Arab Abdul Alhazred był blisko.

He said that there were double meanings in his Necronomicon.

Stwierdził, że w jego Necronomiconie występują podwójne znaczenia.

The initiated were free to read it if they wanted to.

Osoby inicjowane mogły ją przeczytać, jeśli chciały.

And they should pay attention to one couplet in particular.

A powinni zwrócić uwagę szczególnie na jeden wers.

"That which is not dead can sleep for eternity,"
„To, co nie umarło, może spać wiecznie"
"And with strange eons even death may die."
„A wraz z dziwnymi eonami nawet śmierć może umrzeć".
Legrasse had been deeply impressed by what he heard.
Legrasse był pod wielkim wrażeniem tego, co usłyszał.
And he was not a little bewildered by the tale.
I ta opowieść wcale go nie zdziwiła.
He inquired in vain about the historic affiliations of the cult.
Na próżno dopytywał się o historyczne powiązania sekty.
Castro, apparently, had told the truth about the oath of secrecy.
Castro najwyraźniej powiedział prawdę o przysiędze zachowania tajemnicy.
The authorities at Tulane University could not offer much help either.
Władze uniwersytetu Tulane również nie mogły udzielić zbytniej pomocy.
The were not able to shed no light upon neither cult, nor the image.
Nie udało się rzucić światła ani na kult, ani na wizerunek.
And now the detective had come to the highest authorities in the country.
A teraz detektyw przybył do najwyższych władz kraju.
And he heard none other than Professor Webb' tale in Greenland.
I nie usłyszał nikogo innego, jak opowieść profesora Webba w Grenlandii.

***

Legrasse's tale aroused feverish interest at the meeting.
Opowieść Legrasse'a wywołała ogromne zainteresowanie na spotkaniu.
The story was not only significant in its implications.
Historia ta miała znaczenie nie tylko ze względu na swoje implikacje.

But the story was also corroborated by the statuette.
Ale historię tę potwierdziła także statuetka.
The excitement echoed in the subsequent correspondence.
W dalszej korespondencji słychać było to samo
podekscytowanie.
Those who attended stayed in close contact with each other.
Uczestnicy spotkania pozostawali ze sobą w bliskim
kontakcie.
Although scant mention occurs in the formal publications.
Choć w oficjalnych publikacjach pojawia się o tym skąpa
wzmianka.
Caution is the first care of those accustomed to charlatanry.
Ostrożność jest pierwszą troską tych, którzy przywykli do
szarlatanerii.
Impostures are kept out as much as it is possible.
Oszustwa staramy się chronić tak bardzo, jak to możliwe.
Legrasse for some time lent the image to Professor Webb.
Legrasse przez pewien czas pożyczał obraz profesorowi
Webbowi.
But at the latter's death the image was returned to him.
Po śmierci tego ostatniego obraz został mu zwrócony.
And the image remains in Legrasse's possession.
Obraz nadal jest w posiadaniu Legrasse'a.
This is where I viewed the terrible image not long ago.
Tutaj niedawno widziałem ten straszny obraz.
The image is unmistakably akin to Wilcox' dream-sculpture.
Obraz ten niewątpliwie przypomina rzeźbę senną Wilcoxa.
It was no wonder my uncle was so excited by his tale.
Nic dziwnego, że mój wujek był tak podekscytowany tą
opowieścią.
And I'm not surprised he made the efforts he made.
I nie jestem zaskoczony, że podjął takie wysiłki.
He had heard everything Legrasse knew of the cult.
Słyszał wszystko, co Legrasse wiedział o sekcie.
And the strange cultish dreams of a sensitive young man.
I dziwne, kultowe marzenia wrażliwego młodego człowieka.
The bas-relief just like the one from the swamp.

Płaskorzeźba taka sama jak ta z bagna.

The addition of the devil tablet in Greenland.

Dodanie tablicy diabła na Grenlandii.

The exact same words used in three remote occurrences.

Dokładnie te same słowa użyto w trzech odległych wystąpieniach.

The Eskimo diabolists, the mongrels in Louisiana, and then Wilcox.

Eskimosi-diaboliści, mieszańcy z Luizjany i wreszcie Wilcox.

What other conclusion could one possibly have come to?

Do jakiego innego wniosku można było dojść?

It's only natural Professor Angel pursued this conclusion.

Zupełnie naturalne jest, że profesor Angel doszedł do takiego wniosku.

And I wouldn't have expected him to be less thorough.

I nie spodziewałem się, że będzie mniej dokładny.

My great-uncle was a man of principled academic rigor.

Mój prastryj był człowiekiem o ścisłych zasadach akademickich.

Though privately I also had other plausible theories.

Choć prywatnie miałem też inne prawdopodobne teorie.

I suspected young Wilcox of having heard of the cult.

Podejrzewałem, że młody Wilcox słyszał o tej sekcie.

Maybe he had heard of the cult in some indirect way.

Być może słyszał o sekcie w jakiś pośredni sposób.

He could easily have invented a series of dreams.

Mógł z łatwością wymyślić serię snów.

That way he could heighten and continue the mystery.

W ten sposób mógł rozwinąć i rozwinąć tajemnicę.

The dream-narratives and cuttings collected did of course corroborate.

Zebrane opowieści snów i wycinki oczywiście to potwierdziły.

But the rationalism of my mind had not yet been satisfied.

Ale racjonalizm mojego umysłu nie został jeszcze zaspokojony.

Coincidences can form highly believable illusions too.

Zbiegi okoliczności również mogą być przyczyną
wiarygodnych iluzji.
**And we have to bear in mind the extravagance of the whole
subject.**
I musimy mieć na uwadze ekstrawagancję całego tematu.
**So I was led to adopt what I thought the most sensible
conclusions.**
Doprowadziło mnie to do przyjęcia wniosków, które
uważałem za najbardziej rozsądne.
I thoroughly studied the manuscript from the beginning.
Dokładnie przestudiowałem rękopis od samego początku.
And I correlated the theosophical and anthropological notes.
Powiązałem też notatki teozoficzne i antropologiczne.
I compared the literature with the cult narrative of Legrasse.
Porównałem literaturę z narracją kultową Legrasse'a.
I made a trip to Providence to see the sculptor.
Wybrałem się do Providence, żeby zobaczyć rzeźbiarza.
And I intended to give him the rebuke I thought proper.
I zamierzałem udzielić mu nagany, którą uważałem za
właściwą.
There must be consequences, I felt, for the trick he played.
Uznałem, że jego sztuczka musi ponieść jakieś konsekwencje.
**He had boldly imposed himself upon a learned and aged
man.**
Odważnie narzucił swą władzę wykształconemu i staremu
człowiekowi.

***

Wilcox still lived alone where my uncle had met him.
Wilcox nadal mieszkał sam w miejscu, w którym poznał go
mój wujek.
In the Fleur-de-Lys Building in Thomas Street.
W budynku Fleur-de-Lys na Thomas Street.
**A hideous Victorian imitation of Seventeenth Century
Breton architecture.**

Ohydna wiktoriańska imitacja bretońskiej architektury z XVII wieku.

The building flaunted its stuccoed front amidst its surroundings.

Budynek wyróżniał się na tle otoczenia swoją stiukową fasadą.

There were lovely Colonial houses on the ancient hill.

Na starożytnym wzgórzu znajdowały się piękne domy kolonialne.

And the house stood under the shadow of the finest Georgian steeple in America.

A dom stał w cieniu najpiękniejszej georgiańskiej wieży w Ameryce.

I found him at work in his rooms, among his sculptures.

Znalazłem go przy pracy w jego pokoju, wśród rzeźb.

The specimens scattered came from a very unique mind.

Rozrzucone okazy są dziełem naprawdę wyjątkowego umysłu.

At once I conceded that his genius is indeed profound and authentic.

Od razu przyznałem, że jego geniusz jest rzeczywiście głęboki i autentyczny.

He has crystallized in clay that which Arthur Machen evokes in prose.

Skrystalizował w glinie to, co Arthur Machen przywołuje w prozie.

He mirrored in marble the nightmares Clark Ashton Smith put to canvas.

Odtworzył w marmurze koszmary, które Clark Ashton Smith przeniósł na płótno.

He will, I believe, be spoken of one day as one of the great decadents.

Wierzę, że pewnego dnia ludzie będą o nim mówić jako o jednym z największych dekadentów.

He was dark, frail, and somewhat unkempt in aspect.

Był ciemnowłosy, wątły i nieco zaniedbany.

He turned languidly at my knock on his door.

Odwrócił się leniwie, gdy zapukałem do jego drzwi.
He didn't rise from his seat when I came in.
Nie wstał z miejsca, gdy wszedłem.
And he asked me what the purpose of my visit was.
I zapytał mnie, jaki jest cel mojej wizyty.
When I told him who I was his interest was piqued.
Kiedy powiedziałem mu, kim jestem, zainteresował się.
My uncle had excited his curiosity by probing his strange dreams.
Mój wujek rozbudził jego ciekawość, badając jego dziwne sny.
Although he had never explained the reason for the study.
Choć nigdy nie wyjaśnił powodu przeprowadzenia badania.
I did not enlarge his knowledge in this regard.
Nie poszerzałem jego wiedzy w tym zakresie.
But I sought with some subtlety to gain his confidence.
Ale starałem się subtelnie zdobyć jego zaufanie.
In a short time I became convinced of his absolute sincerity.
W krótkim czasie przekonałem się o jego absolutnej szczerości.
He spoke of the dreams in a manner none could mistake.
Opowiadał o snach w sposób, którego nie sposób było pomylić.
His dreams' subconscious residuum had influenced his art profoundly.
Podświadome pozostałości jego snów wywarły głęboki wpływ na jego sztukę.
He showed me a morbid statue of the likes I had never seen before.
Pokazał mi makabryczną rzeźbę, jakiej nigdy wcześniej nie widziałem.
The statue's contours almost made me shake with fear.
Kontury posągu niemal sprawiły, że zadrżałam ze strachu.
The potency of the statue's black suggestion was overbearing.
Potęga czarnej sugestii posągu była przytłaczająca.
He could not recall having seen the original of this thing.

Nie mógł sobie przypomnieć, czy kiedykolwiek widział oryginał tej rzeczy.

But the statue was inspired by his own dream bas-relief.

Jednak inspiracją do stworzenia posągu była płaskorzeźba przedstawiająca jego sen.

The outlines had formed themselves insensibly under his hands.

Kontury uformowały się niedostrzegalnie pod jego dłońmi.

It was, no doubt, the giant shape he had raved of in delirium.

Był to bez wątpienia ten olbrzymi kształt, o którym tak majaczył w delirium.

That he really knew nothing of the hidden cult he soon made clear.

Wkrótce dał jasno do zrozumienia, że tak naprawdę nic nie wiedział o ukrytym kulcie.

Only my uncle's relentless catechism had given him some clues.

Tylko nieustępliwy katechizm mojego wujka dał mu pewne wskazówki,

And again I strove to explain the obvious conclusions away.

I znów starałem się wytłumaczyć oczywiste wnioski.

How he could possibly have received the weird impressions?

W jaki sposób mógł odebrać tak dziwne wrażenia?

He talked of his dreams in a strangely poetic fashion.

Opowiadał o swoich snach w dziwnie poetycki sposób.

He made me see with terrible vividness the vistas of his dream.

Ukazał mi z przerażającą wyrazistością obrazy jego snu.

The damp Cyclopean city of slimy green stone.

Wilgotne miasto Cyklopów zbudowane z śliskiego, zielonego kamienia.

The geometry he oddly said, was all wrong.

Dziwnie powiedział, że geometria jest zupełnie błędna.

And he spoke of what he heard with frightened expectancy.

I z przerażającym oczekiwaniem opowiadał o tym, co usłyszał.

The ceaseless, half-mental calling from underground:

Nieustanne, półmentalne wołanie z podziemia:

"Cthulhu fhtagn... Cthulhu fhtagn"

"Cthulhu fhtagn... Cthulhu fhtagn"

These words had formed part of that dreaded ritual.

Słowa te stanowiły część tego przerażającego rytuału.

The ritual the told of dead Cthulhu's dream-vigil.

Rytuał opowiadający o czuwaniu sennym zmarłego Cthulhu.

The ritual that told of his stone vault at R'lyeh.

Rytuał opowiadający o jego kamiennym krypcie w R'lyeh.

And I felt deeply moved, despite my rational beliefs.

I poczułem się głęboko poruszony, pomimo moich racjonalnych przekonań.

Wilcox, I was sure, had heard of the cult in some casual way.

Byłem pewien, że Wilcox słyszał o tej sekcie skądś przypadkowo.

He spent his time in a mass of equally weird literature.

Spędzał czas w masie równie dziwnej literatury.

He must have forgotten the source of his knowledge.

Chyba zapomniał o źródle swojej wiedzy.

Later the cult had found subconscious expression in his dreams.

Później kult znalazł wyraz podświadomości w jego snach.

But this is natural when stories are so impressive.

Ale to naturalne, gdy historie są tak imponujące.

Finally the cult's ideas manifested themselves in the bas-relief.

Ostatecznie idee kultu znalazły swój wyraz w płaskorzeźbie.

And now the subject of the cult manifested itself in the terrible statue.

A teraz przedmiot kultu ujawnił się w straszliwej statui.

I was convinced his imposture upon my uncle had been very innocent.

Byłem przekonany, że jego oszustwo wobec mojego wujka było zupełnie niewinne.

He both slightly affected, and slightly ill-mannered.
Był jednocześnie trochę sztuczny i trochę nieokrzesany.
He had a disposition which I could never like.
Miał usposobienie, którego nigdy nie potrafiłem polubić.
But I was willing enough now to admit his genius.
Ale teraz byłem już na tyle skłonny, by przyznać, że jest
genialny.
And I have no way of denying his honesty either.
I nie mogę zaprzeczyć jego uczciwości.
Despite my initial feelings, I took leave of him amicably.
Pomimo moich początkowych uczuć, pożegnałam się z nim w
przyjaźni.
And I wish him all the success his talent promises.
Życzę mu wszelkich sukcesów, na jakie zasługuje jego talent.

***

The matter of the cult continued to fascinate me.
Zagadnienie sekty wciąż mnie fascynowało.
At times I had visions of the personal fame I could attain.
Czasami miałem wizję osobistej sławy, którą mógłbym
osiągnąć.
I visited New Orleans and talked with Legrasse.
Odwiedziłem Nowy Orlean i rozmawiałem z Legrasse'em.
And I spoke with other policemen of that swamp raid.
Rozmawiałem z innymi policjantami o tym nalocie na bagna.
I saw the frightful image with my own eyes.
Widziałem ten przerażający obraz na własne oczy.
**And I even questioned some of the surviving mongrel
prisoners.**
I nawet przesłuchałem niektórych z ocalałych więźniów-
kundli.
Old Castro, unfortunately, had been dead for some years.
Niestety, stary Castro nie żył już od kilku lat.
**What I now heard so graphically at first hand excited me
afresh.**

To, co teraz usłyszałem na własne oczy, na nowo mnie
poruszyło.
Though it was really no more than a detailed confirmation.
Choć tak naprawdę nie było to nic więcej niż szczegółowe
potwierdzenie.
What they told me I had already read in my uncle's notes.
To, co mi powiedzieli, wyczytałem już w notatkach mojego
wujka.
I felt sure that I was on the track of a very real secret.
Byłem pewien, że jestem na tropie prawdziwej tajemnicy.
**And I was sure I was going to discover a very ancient
religion.**
Byłem pewien, że odkryję bardzo starożytną religię.
The discovery would make me an anthropologist of note.
Dzięki temu odkryciu stanę się wybitnym antropologiem.
My attitude was still one of absolute rational materialism.
Moje nastawienie nadal było postawą absolutnego,
racjonalnego materializmu.
**And I wish my attitude to the subject matter had not
changed.**
I żałuję, że moje podejście do tego tematu uległo zmianie.
**I discounted with almost inexplicable perversity the
coincidences.**
Z niemal niewytłumaczalną przewrotnością odrzuciłem zbiegi
okoliczności.
**The dream notes and odd cuttings collected by Professor
Angell.**
Notatki ze snów i dziwne fragmenty zebrane przez profesora
Angella.
**One thing I began to doubt was the cause of my uncle's
death.**
Jedną rzeczą, co do której zacząłem wątpić, była przyczyna
śmierci mojego wujka.
I began to suspect his death was far from natural.
Zacząłem podejrzewać, że jego śmierć nie była naturalna.
And I now fear I know my uncle's death was not natural.

A teraz obawiam się, że śmierć mojego wujka nie była naturalna.

It was on a narrow hill street where he fell.

Upadek nastąpił na wąskiej uliczce na wzgórzu.

The street lead up from the ancient waterfront.

Ulica prowadziła od starożytnego nabrzeża.

The port-town swarms with foreign mongrels.

W mieście portowym roi się od obcych kundli.

He fell after a careless push from a negro sailor.

Upadł po nieostrożnym popchnięciu przez czarnoskórego marynarza.

I had not forgotten the mixed blood of the cult-members in Louisiana.

Nie zapomniałem o mieszanej krwi członków sekt w Luizjanie.

I had not forgotten the sailors in the voodoo orgy.

Nie zapomniałem o żeglarzach biorących udział w orgii voodoo.

And would not be surprised to learn that they had other knowledge too.

I nie zdziwiłbym się, gdybym dowiedział się, że mają też inną wiedzę.

Secret methods as anciently known as the cryptic rites.

Tajne metody, znane już od starożytności jako tajemnicze rytuały.

Poison needles as ruthless their demonic beliefs.

Igły trujące są tak bezwzględne, jak ich demoniczne przekonania.

Legrasse and his men, it is true, have been let alone.

Prawdą jest, że Legrasse i jego ludzie zostali pozostawieni w spokoju.

But in Norway a certain seaman who saw things is dead.

Ale w Norwegii pewien marynarz, który widział to zdarzenie, nie żyje.

Might not sinister ears have picked up my uncle's interest in the sculptor?

Czy to nie złowrogie uszy mogły wychwycić zainteresowanie mojego wujka rzeźbiarzem?

Might not the deeper inquiries of my uncle have drawn someone's attention?

Czy głębsze dociekania mojego wujka nie mogłyby zwrócić czyjejś uwagi?

I think Professor Angell died because he knew too much.

Myślę, że profesor Angell umarł, bo wiedział za dużo.

Or he died because he was likely to learn too much.

Albo umarł, bo było prawdopodobne, że dowie się za dużo.

Whether I shall go out as he did remains to be seen.

Czy odejdę tak jak on, to się dopiero okaże.

Because I too have learned much about Cthulhu.

Ponieważ ja również dowiedziałem się wiele o Cthulhu.

The Madness from the Sea
Szaleństwo z morza

There is one great boon heaven could grant me.
Jest jedno wielkie dobrodziejstwo, jakie niebiosa mogą mi
ofiarować.
The total effacing of the results of a mere chance.
Całkowite zatarcie skutków czystego przypadku.
I wish I had never seen that stray piece of paper.
Żałuję, że w ogóle zobaczyłem ten zagubiony kawałek
papieru.
My daily routine would normally not have taken me there.
Mój codzienny plan dnia normalnie by mnie tam nie
zaprowadził.
On any other day I would not have noticed anything.
Każdego innego dnia niczego bym nie zauważył.
It was an old number of an Australian journal.
Był to stary numer australijskiego czasopisma.
The Sydney Bulletin for April 18, 1925
„Sydney Bulletin" z 18 kwietnia 1925 r.
The paper had even slipped past the cutting bureau.
Papier zdążył nawet przejść przez maszynę do cięcia.
I had largely given over my inquiries to a friend.
W dużej mierze powierzyłem swoje dociekania przyjacielowi.
He had taken on the work of most of the research.
Podjął się wykonania większości prac badawczych.
He had come to refer to the group as the "Cthulhu Cult".
Zaczął nazywać tę grupę „Kultem Cthulhu".
I was visiting my learned friend of Paterson, New Jersey.
Odwiedzałem mojego uczonego przyjaciela z Paterson w
stanie New Jersey.
The curator of a local museum, and a mineralogist of note.
Kurator lokalnego muzeum i znany mineralog.
While at his museum I had access to the reserved specimens.
Będąc w jego muzeum miałem dostęp do zarezerwowanych
okazów.
And this is when an odd picture caught my attention.

I wtedy moją uwagę przykuł dziwny obraz.

Beneath one of the stones was the Sydney Bulletin I mentioned.

Pod jednym z kamieni znajdował się magazyn Sydney Bulletin, o którym wspominałem.

My friend has wide affiliations in all conceivable foreign lands.

Mój przyjaciel ma szerokie powiązania we wszystkich możliwych krajach zagranicznych.

The picture was a half-tone cut of a hideous stone image.

Obraz przedstawiał półtonową rzeźbę odrażającego kamiennego posągu.

Almost identical with the stone Legrasse had found in the swamp.

Prawie identyczny z kamieniem, który Legrasse znalazł na bagnach.

Eagerly I read the article for its precious contents.

Z zainteresowaniem przeczytałem artykuł ze względu na jego cenne treści.

But I was disappointed to find that it was just a short article.

Ale byłem rozczarowany, gdy okazało się, że to tylko krótki artykuł.

Although brief, the information was of portentous significance.

Choć informacja była krótka, miała ogromne znaczenie.

***

"MYSTERY DERELICT FOUND AT SEA"
"TAJEMNICZY WRAK ZNALEZIONY NA MORZU"

Vigilant Arrives With Helpless Armed New Zealand Yacht in Tow.

Vigilant przybywa z bezbronnym, uzbrojonym jachtem z Nowej Zelandii na holu.

One Survivor and one Dead Man Found Aboard.

Na pokładzie znaleziono jednego ocalałego i jednego martwego mężczyznę.

Tale of Desperate Battle and Deaths at Sea.

Opowieść o desperackiej bitwie i śmierciach na morzu.

Rescued Seaman Refuses Particulars of Strange Experience.

Uratowany marynarz odmawia podzielenia się szczegółami dziwnego przeżycia.

Odd Idol Found in His Possession, Inquiry to Follow.

Znaleziono przy nim dziwnego bożka. Dalsze kroki.

The Alert of Dunedin yacht, N.Z., had been disabled in battle.

Jacht Alert of Dunedin, Nowa Zelandia, został uszkodzony w czasie bitwy.

Previously the ship had left from Valparaiso on March 25th.

Wcześniej statek wypłynął z Valparaiso 25 marca.

On April 2nd the ship was driven considerably south of her course.

2 kwietnia statek został zepchnięty znacznie na południe od swojego kursu.

Exceptionally heavy storms had redirected the ship.

Wyjątkowo silne burze zmieniły kierunek kursu statku.

Monster waves forced the ship to take a different route.

Ogromne fale zmusiły statek do obrania innej trasy.

On April 12th the ship was sighted by another ship.

12 kwietnia statek został dostrzeżony przez inny statek.

Latitude 34° 21', Longitude 152° 17'

Szerokość geograficzna 34° 21', długość geograficzna 152° 17'

Initially they thought the ship had been deserted.

Początkowo myśleli, że statek został opuszczony.

But one still living man had been found on board.

Ale na pokładzie znaleziono jednego żywego mężczyznę.

This lone survivor was in a half-delirious condition.

Jedyny ocalały znajdował się w stanie półprzytomnym.

The only other victim found was a man already dead a week.

Jedyną inną znalezioną ofiarą był mężczyzna, który nie żył już od tygodnia.

Now the heavily armed steam yacht was being towed.

Teraz ciężko uzbrojony jacht parowy był holowany.

And this morning the ship was coming in to its wharf.

A dziś rano statek zbliżał się do nabrzeża.
The living man was clutching a horrible stone idol.
Żywy człowiek trzymał w dłoniach straszliwego kamiennego bożka.
The stone idol was about a foot in height.
Kamienny bożek miał około 30 cm wysokości.
And the origins of the stone were completely unknown.
A pochodzenie kamienia było całkowicie nieznane.
Authorities at Sydney university were baffled.
Władze uniwersytetu w Sydney były zdezorientowane.
The Royal Society couldn't offer information about the idol.
Królewskie Towarzystwo nie mogło udzielić żadnych informacji na temat idola.
And the Museum in College street had no insights either.
A muzeum na College Street również nie miało żadnych informacji.
The survivor says he found the stone in the cabin of the yacht.
Ocalały twierdzi, że znalazł kamień w kabinie jachtu.
Allegedly the idol was in a small carved shrine.
Podobno bożek znajdował się w małej rzeźbionej kapliczce.
And the carvings of the shrine were of common pattern.
A rzeźby w świątyni miały ten sam wzór.
This man eventually recovered back to his senses.
Ten człowiek ostatecznie odzyskał przytomność.
And he told an exceedingly strange story of piracy and slaughter.
I opowiedział niezwykle dziwną historię o piractwie i rzezi.
He is Gustaf Johansen, a Norwegian of some intelligence.
To Gustaf Johansen, Norweg o dość dużej inteligencji.
And he had been second mate of the two-masted schooner Emma of Auckland.
Był drugim oficerem na dwumasztowym szkunerze Emma w Auckland.
The ship sailed for Callao February 20th, manned by eleven sailors.

Statek wypłynął w kierunku Callao 20 lutego z załogą składającą się z jedenastu marynarzy.

The ship, he says, was delayed and thrown widely south of her course.

Według niego statek został opóźniony i rzucony daleko na południe od swojego kursu.

There was a great storm on March 1st, and on March 22nd.

1 i 22 marca miała miejsce potężna burza.

On their journey they encountered another ship.

Podczas podróży natknęli się na inny statek.

This was in S. Latitude 49° 51′, W. Longitude 128° 34′

Było to na szerokości geograficznej południowej 49° 51′ i długości geograficznej zachodniej 128° 34′

This ship was manned by a queer and evil-looking crew.

Załogę tego statku stanowiła dziwna i groźnie wyglądająca załoga.

All the men were of Kanakas and half-castes.

Wszyscy mężczyźni byli Kanakami i mieszańcami.

Being ordered peremptorily to turn back, Capt. Collins refused.

Otrzymawszy stanowczy rozkaz zawrócenia, kapitan Collins odmówił.

Without warning the strange crew began to shoot savagely upon the schooner.

Bez ostrzeżenia obca załoga zaczęła zaciekle strzelać do szkunera.

They shot a peculiarly heavy battery of brass cannon.

Strzelali z wyjątkowo ciężkiej baterii mosiężnych dział.

The men from his ship showed fighting spirit, says the survivor.

Według ocalałego, załoga jego statku wykazała się duchem walki.

The schooner began to sink from shots beneath the waterline.

Szkuner zaczął tonąć od strzałów poniżej linii wodnej.

But they managed to heave alongside their enemy boat, and board her.

Udało im się jednak podciągnąć łódź wroga i wejść na jej pokład.

They grappled with the savage crew on the yacht's deck.

Walczyli z dziką załogą na pokładzie jachtu.

Their mode of fighting seemed to be strangely clumsy.

Ich sposób walki wydawał się dziwnie niezdarny.

But defeat did not seem to be an option for these savage men.

Ale dla tych dzikich ludzi porażka nie wydawała się opcją.

They had a particularly abhorrent and desperate way of fighting.

Ich sposób walki był szczególnie odrażający i desperacki.

So they had no choice but to kill all men of the enemy ship.

Nie mieli więc innego wyboru, jak zabić wszystkich ludzi na wrogim statku.

Three of their men were also killed in the fight.

W walce zginęło również trzech ich ludzi.

Capt. Collins and First Mate Green were among the dead.

Wśród ofiar byli kapitan Collins i pierwszy oficer Green.

Second Mate Johansen took over control from First Mate Green.

Drugi oficer Johansen przejął dowodzenie od pierwszego oficera Greena.

And the remaining eight men proceeded to navigate the captured yacht.

Pozostałych ośmiu mężczyzn kontynuowało nawigację zdobytym jachtem.

They proceeded to continue in the original direction they were going.

Następnie kontynuowali podróż w pierwotnie wyznaczonym kierunku.

To see if there had been any reason they were ordered to turn around.

Aby sprawdzić, czy istniał jakiś powód, dla którego kazano im zawrócić.

***

The next day, it appears, they landed on a small island.

Następnego dnia, jak się okazuje, wylądowali na małej wyspie.

Although no island is known to exist in that part of the ocean.

Choć nie jest znana żadna wyspa w tej części oceanu.

Six of the men somehow died ashore while on the island.

Sześciu mężczyzn w jakiś sposób zmarło na lądzie, będąc na wyspie.

Though Johansen is queerly reticent about this part of his story.

Choć Johansen jest dziwnie powściągliwy, jeśli chodzi o tę część swojej opowieści.

And he speaks only of their falling into a rock chasm.

A mówi tylko o tym, że wpadli w przepaść skalną.

Later, it seems, he and one companion boarded the yacht.

Później, jak się wydaje, on i jeden z jego towarzyszy weszli na pokład jachtu.

Together they tried to sail the ship, undermanned.

Razem próbowali sterować statkiem, mimo że brakowało załogi.

But they were beaten about by the storm of April 2nd.

Jednak 2 kwietnia rozpętała się burza, która ich pokonała.

From that time till his rescue on the 12th, the man remembers little.

Od tego momentu aż do dnia jego uratowania, 12-go, mężczyzna niewiele pamięta.

And he does not even recall when William Briden, his companion, died.

Nie pamięta nawet, kiedy zmarł jego towarzysz, William Briden.

Autopsy could reveal no obvious cause to Briden's death.

Autopsja nie wykazała żadnej oczywistej przyczyny śmierci Bridena.

The most likely cause of death is exposure to the elements.

Najbardziej prawdopodobną przyczyną zgonu jest wystawienie na działanie żywiołów.

The Dunedin reported that their boat, the Alert, was well known.

Dunedin doniósł, że ich łódź, Alert, jest dobrze znana.

The island traders bore an evil reputation along the waterfront.

Kupcy z wyspy cieszyli się złą sławą na nabrzeżu.

The ship was owned by a curious group of half-castes.

Statek należał do ciekawej grupy mieszańców.

Frequent meetings and night trips to the woods attracted curiosity.

Częste spotkania i nocne wyprawy do lasu wzbudzały ciekawość.

The ship had set sail in great haste on March 1st.

Statek wypłynął w wielkim pośpiechu 1 marca.

Just after the storm, and the earth tremors that night.

Zaraz po burzy i nocnym trzęsieniu ziemi.

Our Auckland correspondent gives the Emma excellent reputation.

Nasz korespondent z Auckland ocenia Emmę bardzo dobrze.

The Crew from the Emma were held very in high regard.

Załoga Emmy cieszyła się bardzo dużym szacunkiem.

And Johansen is described as a sober and worthy man.

A Johansena opisuje się jako człowieka trzeźwego i godnego.

The admiralty will institute an inquiry on the whole matter.

Admiralicja zamierza wszcząć dochodzenie w całej sprawie.

Starting tomorrow they will collect all relevant information.

Od jutra będziemy zbierać wszystkie istotne informacje.

Every effort will be made to induce Johansen to speak.

Dołożymy wszelkich starań, aby nakłonić Johansena do zabrania głosu.

This and the hellish image were all the information I had to go on.

To i ten piekielny obraz stanowiły wszystkie informacje, jakie miałem.

But what a train of ideas that little information started in my mind!

Ależ ten niewielki zasób informacji zrodził się w mojej głowie!

Here were new treasuries of data on the Cthulhu Cult.

Oto nowe skarbce danych na temat Kultu Cthulhu.

The cult not only had interests on land.

Kult ten interesował się nie tylko ziemią.

Now there was evidence they also had connections to the sea.

Teraz pojawiły się dowody na to, że mieli oni również powiązania z morzem.

What motive prompted the hybrid crew to order back the Emma?

Jaki motyw skłonił załogę hybrydy do wydania rozkazu powrotu Emmy?

Why did they sail about with their hideous idol?

Dlaczego żeglowali ze swoim odrażającym bożkiem?

What was the unknown island on which six of the Emma's crew had died?

Jak nazywała się nieznana wyspa, na której zginęło sześciu członków załogi Emmy?

And why was Johansen so secretive about their death?

Dlaczego Johansen tak ukrywała ich śmierć?

What had the vice-admiralty's investigation brought out?

Co ujawniło śledztwo wiceadmiralicji?

And what was known of the noxious cult in Dunedin?

A co wiadomo było o szkodliwym kulcie w Dunedin?

Nor could one help but marvel at the timing of the events.

Nie sposób było nie zdziwić się nad chronologią tych wydarzeń.

There was a deep and more than natural linkage between the dates.

Istniał głęboki i więcej niż naturalny związek między tymi datami.

A malign and now undeniable significance to the various turns of events.

Złośliwe i obecnie niezaprzeczalne znaczenie różnych obrotów wydarzeń.

***

My uncle had noted with great care the connecting events.
Mój wujek z wielką starannością odnotował wszystkie wydarzenia łączące te fakty.
On March 1st the earthquake and storm had come.
Pierwszego marca nastąpiło trzęsienie ziemi i burza.
February 28th, according to the International Date Line.
28 lutego według Międzynarodowej Linii Zmiany Daty.
From Dunedin the noisome crew of the Alert darted eagerly forth.
Z Dunedin śmiertelnie niespokojna załoga statku Alert wyruszyła w pośpiechu.
They moved as if they had been imperiously summoned.
Poruszali się tak, jakby zostali wezwani rozkazem.
On the other side of the earth the other events unfolded.
Po drugiej stronie Ziemi miały miejsce inne wydarzenia.
Poets and artists had begun to have their strange dreams.
Poeci i artyści zaczęli mieć dziwne sny.
Dreams of a dank Cyclopean city from times long gone.
Marzenia o wilgotnym mieście Cyklopów z zamierzchłych czasów.
A young sculptor was persuaded by these dreams too.
Te marzenia przekonały także młodego rzeźbiarza.
In his sleep he molded the form of the dreaded Cthulhu.
We śnie przybrał postać straszliwego Cthulhu.
On March 23rd the crew of the Emma landed on an unknown island.
23 marca załoga Emmy wylądowała na nieznanej wyspie.
There on that island they left six men dead.
Tam na wyspie zostawili sześciu martwych mężczyzn.
On that date the dreams of sensitive men assumed a heightened vividness.

Tego dnia sny wrażliwych mężczyzn nabrały wyjątkowej wyrazistości.

Their dreams darkened with dread of a giant monster's malign pursuit.

Ich sny zaciemnił strach przed okrutnym potworem, którego ścigał gigantyczny potwór.

One architect went mad from his dreams that night.

Tej nocy pewien architekt oszalał z powodu swoich snów.

And a sculptor had lapsed suddenly into delirium!

I nagle pewien rzeźbiarz popadł w stan delirium!

And then there was the storm of April 2nd.

A potem nadeszła burza 2 kwietnia.

The date on which all dreams of the dank city ceased.

Dzień, w którym wszystkie sny o wilgotnym mieście ucichły.

Wilcox emerged unharmed from the bondage of strange fever.

Wilcox wyszedł bez szwanku z niewoli dziwnej gorączki.

And everything appeared to be normal again.

I wszystko zdawało się wracać do normy.

But what about the hints old Castro had suggested?

A co z sugestiami, które zasugerował stary Castro?

What about the sunken, star-born old ones?

A co z zatopionymi, narodzonymi w gwiazdach starcami?

What about their promised return and coming reign?

A co z ich obiecanym powrotem i nadchodzącym panowaniem?

What about their faithful cult and their mastery of dreams?

A co z ich wiernym kultem i ich mistrzostwem w zakresie snów?

Was I tottering on the brink of cosmic horrors?

Czy stałem na krawędzi kosmicznego horroru?

Cosmic horrors far beyond man's power to bear?

Kosmiczne horrory wykraczające poza możliwości człowieka?

If so, they must be horrors of the mind alone.

Jeśli tak, to muszą to być koszmary samego umysłu.

On the second of April there was sudden coordinated calm.

Drugiego kwietnia nastąpił nagły, skoordynowany spokój.

The monstrous menace that sieged mankind's soul had vanished.

Potworne zagrożenie, które dręczyło duszę ludzkości, zniknęło.

That evening I made all necessary arrangements for onwards travel.

Tego wieczoru poczyniłem wszelkie niezbędne przygotowania do dalszej podróży.

I bade my host adieu and took a train for San Francisco.

Pożegnałem się z gospodarzem i wsiadłem do pociągu jadącego do San Francisco.

***

In less than a month I was at the port of Dunedin.

W niecały miesiąc byłem już w porcie Dunedin.

Here, however, my investigation stumbled slightly.

Tutaj jednak moje śledztwo nieco zawiodło.

I inquired in the old sea taverns where the men had lingered.

Zapytałem w starych tawernach morskich, gdzie zatrzymali się ci mężczyźni.

But little was known of the strange cult members.

Jednak niewiele wiedziano o dziwnych członkach kultu.

Waterfront scum was far too common for special mention.

Szumowiny nadbrzeżne były zbyt powszechne, by o nich specjalnie wspominać.

But there was vague talk about one inland trip these mongrels had made.

Ale krążyły mgliste wzmianki o pewnej wyprawie w głąb lądu, jaką odbyli ci bandyci.

Faint drumming and red flames were noted on the distant hills.

W odległych wzgórzach słychać było słabe bębnienie i czerwone płomienie.

In Auckland I learned only a little more of Johansen.

W Auckland dowiedziałem się o Johansenie niewiele więcej.

He had been taken to Sydney for the investigation.

Został zabrany do Sydney na potrzeby śledztwa.

A perfunctory and inconclusive questioning turned his hair white.

Pobieżne i niejednoznaczne pytanie sprawiło, że jego włosy posiwiały.

Thereafter he sold his cottage in West Street.

Następnie sprzedał swój domek na West Street.

And he sailed with his wife to his old home in Oslo.

I popłynął z żoną do swojego starego domu w Oslo.

His experience had clearly stirred him deeply.

To doświadczenie wyraźnie go głęboko poruszyło.

But he told his friends no more than he had told the admiralty officials.

Nie powiedział jednak swoim przyjaciołom nic więcej niż powiedział urzędnikom admiralicji.

And all they could do was to give me his Oslo address.

A jedyne, co mogli zrobić, to podać mi jego adres w Oslo.

After that I went to Sydney and talked profitlessly with seamen.

Potem pojechałem do Sydney i bezskutecznie rozmawiałem z marynarzami.

Members of the vice-admiralty court could not enlighten me either.

Członkowie sądu wiceadmiralicji również nie potrafili mnie oświecić.

I tracked the Alert down to Circular Quay in Sydney Cove.

Śledziłem Alert aż do Circular Quay w Sydney Cove.

The ship had been sold and was again in commercial use.

Statek został sprzedany i znów był wykorzystywany komercyjnie.

But I could gain no further clues from the ship's cargo.

Jednakże nie udało mi się wyciągnąć żadnych dalszych wniosków z ładunku statku.

The image was preserved in the Museum at Hyde Park.

Obraz przechowywany jest w Muzeum w Hyde Parku.

The cuttlefish head, dragon body, and scaly wings.

Głowa mątwy, ciało smoka i łuskowate skrzydła.

The monster crouching atop the hieroglyphed pedestal.

Potwór kucający na szczycie hieroglifowego postumentu.

I studied every detail of the idol long and well.

Długo i dokładnie studiowałem każdy szczegół idola.

The relic was a thing of balefully exquisite workmanship.

Relikwia była dziełem złowrogiego, kunsztownego wykonania.

I couldn't help but notice the similarity to Legrasse's smaller specimen.

Nie mogłem nie zauważyć podobieństwa do mniejszego okazu Legrasse'a.

Both idols had the same utter mystery and terrible antiquity.

Obydwa bożki były tak samo tajemnicze i miały tak samo straszliwą starożytność.

And both idols had the same unearthly strangeness of material.

A obaj bożkowie mieli tę samą nadprzyrodzoną dziwność materiału.

Geologists, the curator told me, had found it a monstrous puzzle.

Jak mi powiedział kustosz, geolodzy uznali to za potworną zagadkę.

They insisted that the world held no rock like this one.

Twierdzili, że na świecie nie ma skały takiej jak ta.

Then I thought with a shudder of what old Castro had told Legrasse.

Wtedy z dreszczem pomyślałem o tym, co stary Castro powiedział Legrasse'owi.

The tale of the primal great ones, sunken under the sea.

Opowieść o pierwotnych stworach, zatopionych pod powierzchnią morza.

"They had come from the stars."

„Przybyli z gwiazd".

"They had brought their images with them."

„Przywieźli ze sobą swoje obrazy".

I was shaken with a mental revolution as I had never before
known.

Doznałem rewolucji psychicznej, jakiej nigdy wcześniej nie
doświadczyłem.

I was now completely resolved to visit Mate Johansen in
Oslo.

Teraz byłem już zdecydowany odwiedzić Mate'a Johansena w
Oslo.

Sailing for London, I re-embarked at once for the Norwegian
capital.

Wypłynąłem do Londynu i natychmiast wsiadłem na pokład
statku płynącego do stolicy Norwegii.

And one autumn day I landed at the wharves.

Pewnego jesiennego dnia wylądowałem na nabrzeżu.

***

Johansen's hometown was in the shadow of the Egeberg.

Rodzinne miasto Johansena leżało w cieniu góry Egeberg.

I discovered he lived in the Old Town of King Harold
Haardrada.

Dowiedziałem się, że mieszkał na Starym Mieście króla
Harolda Haardrady.

For centuries the greater city had masqueraded as
"Christiania".

Przez stulecia większe miasto posługuje się nazwą
„Christiania".

King Harald Hardrada kept alive the name of Oslo.

Król Harald Hardrada podtrzymał nazwę Oslo.

I made the brief trip to his residences by taxicab.

Krótką podróż do jego rezydencji odbyłem taksówką.

A neat and ancient building with plastered front.

Schludny, stary budynek z otynkowaną fasadą.

And I knocked with palpitant heart at the door.

I z bijącym sercem zapukałem do drzwi.

A sad-faced woman in black answered my summons.

Na moje wezwanie odpowiedziała smutna kobieta ubrana na
czarno.
I was stung with disappointment at the sight.
Widok ten mnie zaskoczył i rozczarował.
**She told me in halting English that Gustaf Johansen was no
more.**
Powiedziała mi łamaną angielszczyzną, że Gustaf Johansen
już nie żyje.
He had not long survived his return, said his wife.
Jak powiedziała jego żona, nie przeżył długo powrotu.
The doings at sea in 1925 had broken him.
Wydarzenia na morzu w 1925 roku złamały go.
He had told her no more than he had told the public.
Nie powiedział jej nic więcej niż powiedział publicznie.
But he had left a long manuscript of "technical matters".
Pozostawił jednak długi rękopis zawierający „sprawy
techniczne".
These notes of the voyage had been written in English.
Notatki z podróży zostały spisane w języku angielskim.
**Evidently in order to safeguard her from the peril of casual
perusal.**
Najwyraźniej po to, by uchronić ją przed niebezpieczeństwem
przypadkowego zapoznania się z nią.
**He had gone for a walk through a narrow lane near the
Gothenburg dock.**
Wybrał się na spacer wąską uliczką niedaleko nabrzeża w
Göteborgu.
**A bundle of papers falling from an attic window had
knocked him down.**
Plik papierów, który spadł z okna na strychu, przewrócił go.
Two Lascar sailors at once helped him to his feet.
Dwóch marynarzy Lascar natychmiast pomogło mu wstać.
But before the ambulance could reach him he was dead.
Zanim jednak karetka do niego dotarła, mężczyzna już nie żył.
The physicians found no adequate cause for his death.
Lekarze nie znaleźli wystarczającej przyczyny zgonu.
They mostly attributed his death to heart trouble.

Najczęściej przypisywali jego śmierć problemom z sercem.
But they added his weakened constitution most likely contributed.
Dodają jednak, że najprawdopodobniej przyczyniła się do tego jego osłabiona konstytucja.
I now felt a deep gnawing at my vitals.
Teraz poczułem silny ból w okolicach narządów wewnętrznych.
A dark terror which will never leave me till I, too, am at rest.
Mroczny strach, który mnie nie opuści, dopóki ja również nie zaznam spokoju.
Whether my death will come "accidentally" or not I can't tell.
Nie potrafię powiedzieć, czy moja śmierć nastąpi „przypadkowo", czy nie.
I spoke to the widow about her husband's work.
Rozmawiałem z wdową o pracy jej męża.
And I persuaded her I had a "technical" connection to him.
I przekonałem ją, że mam z nim jakieś „techniczne" powiązania.
So she felt I was sufficiently entitled to the manuscript.
Więc uznała, że mam wystarczające prawo do otrzymania manuskryptu.
And so I attained the dead man's writing.
I tak osiągnąłem pismo zmarłego.
I began to read the documents on the boat to London.
Zacząłem czytać dokumenty na statku do Londynu.
They were little more than simple, rambling notes.
Były to niewiele więcej niż proste, bełkotliwe notatki.
A naive sailor's effort at a post-facto diary.
Naiwna próba prowadzenia pamiętnika post facto przez naiwnego żeglarza.
He strove to recall that last awful voyage day by day.
Dzień po dniu starał się przypomnieć sobie tę ostatnią, okropną podróż.
I cannot attempt to transcribe his notes verbatim.
Nie mogę podjąć próby przepisania jego notatek dosłownie.
The manuscript is clouded with vagueness and redundance.

Rękopis jest pełen niejasności i powtórzeń.
But I will tell the gist of what he wrote.
Ale opowiem sedno tego, co napisał.
Perhaps then you will understand why I stuffed my ears with cotton.
Może wtedy zrozumiesz, dlaczego zatkałem sobie uszy watą.
The sound of the water against the vessel's sides became unendurable.
Dźwięk wody uderzającej o burty statku stał się nie do zniesienia.

***

Johansen, thank God, did not quite know what he had seen.
Johansen, dzięki Bogu, nie do końca zdawał sobie sprawę z tego, co widział.
But it is evident he had seen the city and the Thing.
Ale jest oczywiste, że widział miasto i Rzecz.
I shall never sleep calmly again when I think of the horrors.
Nigdy już nie będę mógł spać spokojnie, gdy pomyślę o tych okropnościach.
The horrors that lurk ceaselessly behind life in time and space.
Groza, która nieustannie czyha na nas w czasie i przestrzeni.
Those unhallowed blasphemies that come from elder stars.
Te bezbożne bluźnierstwa pochodzące ze starszych gwiazd.
Dreamers beneath the sea known only by a nightmare cult.
Marzyciele pod morzem, znani jedynie kultowi koszmarów.
A cult ready and eager to release these monsters into the world.
Kult gotowy i chętny wypuścić te potwory na świat.
Whenever another earthquake raises their monstrous stone city again.
Za każdym razem, gdy kolejne trzęsienie ziemi ponownie podnosi ich monstrualne kamienne miasto.
When Cthulhu is under the light of the sun once more.
Kiedy Cthulhu znów znajdzie się w świetle słońca.

Johansen's voyage had begun just as he told it to the vice-admiralty.

Podróż Johansena rozpoczęła się dokładnie tak, jak opowiedział o niej wiceadmiralicji.

The Emma, in ballast, had cleared Auckland on February 20th.

Statek Emma, załadowany balastem, opuścił Auckland 20 lutego.

The ship had felt the full force of that earthquake-born tempest.

Statek odczuł całą siłę burzy wywołanej trzęsieniem ziemi.

The horrors from the sea-bottom that filled men's dreams.

Straszne rzeczy z dna morza, które wypełniają sny ludzi.

Once under control again the ship was making good progress.

Gdy statek odzyskał kontrolę, szybko posuwał się naprzód.

But then the ship was held up by the Alert on March 22nd.

Jednakże 22 marca statek został zatrzymany z powodu alarmu.

I could feel the mate's regret as he wrote of her bombardment and sinking.

Czułem żal oficera dyżurnego, gdy opisywał bombardowanie i zatonięcie okrętu.

Of the swarthy cult-fiends on the other boat he speaks with horror.

O śniadych sekciarzach na drugim statku mówi z przerażeniem.

There was some peculiarly abominable quality about them.

Było w nich coś osobliwie odrażającego.

Something made their destruction seem almost a duty.

Coś sprawiało, że ich zniszczenie wydawało się niemal obowiązkiem.

This point was brought up during the proceedings of the court of inquiry.

Kwestia ta została podniesiona w trakcie postępowania śledczego.

Johansen shows ingenuous wonder at the accusation of ruthlessness.

Johansen podchodzi z naiwnym zdziwieniem do oskarżenia o bezwzględność.

Curiosity is what drove the men on in their captured yacht.

Ciekawość była tym, co napędzało mężczyzn na zdobytym jachcie.

Sticking out of the sea the men sighted a great stone pillar.

Mężczyźni dostrzegli wystający z morza wielki kamienny filar.

In South Latitude 47° 9', West Longitude 126° 43' they come upon a coastline.

Na szerokości geograficznej południowej 47° 9' i długości geograficznej zachodniej 126° 43' natrafiają na linię brzegową.

The coastline was of mingled mud, ooze, and weedy Cyclopean masonry.

Linia brzegowa składała się z mieszaniny błota, mułu i chwastów, typowych dla Cyklopów kamieni.

Nothing less than the tangible substance of earth's supreme terror.

Nic innego jak namacalna istota największego terroru na Ziemi.

They had come across the nightmare corpse-city of R'lyeh.

Natrafili na koszmarne miasto-trupy R'lyeh.

A city built in measureless eons behind history.

Miasto zbudowane na przestrzeni eonów, za historią.

Monuments to vast loathsome shapes that seeped down from the dark stars.

Pomniki ogromnych, odrażających kształtów, które wyłoniły się z ciemnych gwiazd.

There lay great Cthulhu and his hordes for incalculable cycles.

Tam spoczywał wielki Cthulhu i jego hordy przez niezliczone cykle.

Hidden in green slimy vaults, they sent out their thoughts.

Ukryci w zielonych, śliskich kryptach, wysyłali swoje myśli.

The thoughts that spread fear to the dreams of the sensitive.

Myśli, które sieją strach w marzeniach osób wrażliwych.
The thoughts that called imperiously to the faithful.
Myśli, które władczo wołały do wiernych.
"Come on a pilgrimage of liberation and restoration."
„Przyjdź na pielgrzymkę wyzwolenia i odnowy".
All this horror Johansen had no way of suspecting.
Johansen nie mógł się spodziewać żadnego z tych horrorów.
But God knows he had soon seen enough!
Ale Bóg mi świadkiem, że wkrótce miał już dość!
I suppose what they saw was only a single mountain-top.
Przypuszczam, że widzieli tylko jeden szczyt góry.
Soon the rest of the city emerged from the waters.
Wkrótce reszta miasta wynurzyła się z wody.
The hideous monolith-crowned citadel where great Cthulhu was buried.
Odrażająca cytadela zwieńczona monolitem, gdzie pochowano wielkiego Cthulhu.
I shudder to think of all that may be brooding down there.
Przechodzą mnie dreszcze na myśl o tym wszystkim, co może tam na dole się czaić.
And I almost wish to kill myself to stop these thoughts.
I prawie mam ochotę popełnić samobójstwo, żeby powstrzymać te myśli.

***

Johansen and his men were awed by the cosmic majesty.
Johansen i jego ludzie byli pod wrażeniem kosmicznego majestatu.
They beheld the sight of this dripping Babylon of elder demons.
Ujrzeli widok ociekającego Babilonu starszych demonów.
They must have guessed without guidance what it was they saw.
Musieli bez niczyjego wsparcia domyślić się, co widzieli.
What they saw was nothing of this or of any sane planet.

To, co zobaczyli, nie miało nic wspólnego z tą planetą ani z żadną inną normalną planetą.

The unbelievable size of the greenish stone blocks.

Niewiarygodny rozmiar zielonkawych bloków kamiennych.

The dizzying height of the great carven monolith.

Oszałamiająca wysokość wielkiego rzeźbionego monolitu.

And then there was the bas-reliefs found on the captured ship.

A oto płaskorzeźby znalezione na zdobytym statku.

The colossal statues mirrored the scene on the carvings.

Kolosalne posągi odzwierciedlały sceny przedstawione na rzeźbach.

Johansen achieved something very close to futurism.

Johansenowi udało się osiągnąć coś bardzo bliskiego futuryzmowi.

Because he did not describe any definite structure or building.

Ponieważ nie opisał żadnej konkretnej struktury lub budynku.

He dwelled on the broad impressions of vast angles and stone surfaces.

Rozwodził się nad wrażeniem rozległości kątów i kamiennych powierzchni.

Surfaces too great to belong to anything right or proper for this earth.

Powierzchnie zbyt wielkie, by mogły należeć do czegokolwiek właściwego dla tej ziemi.

Surfaces impious with horrible images and hieroglyphs.

Powierzchnie bezbożne pokryte okropnymi obrazami i hieroglifami.

There is a reason I mention his talk about angles.

Jest powód, dla którego wspominam jego wypowiedź na temat kątów.

It reminds me of something Wilcox had told me of his awful dreams.

Przypomina mi to coś, co Wilcox opowiadał mi o swoich koszmarnych snach.

He had said that the geometry of the dream-place he saw was abnormal.
Powiedział, że geometria miejsca, które widział we śnie, była nienormalna.
Non-Euclidean spheres unlike anything here on earth.
Sfery nieeuklidesowe, niepodobne do niczego, co znajduje się na Ziemi.
Loathsomely redolent dimensions completely unlike ours.
Odrażająco cuchnące wymiary, zupełnie niepodobne do naszych.
Now a seaman was describing the exact same thing.
Teraz marynarz opisał dokładnie to samo.
They bad both had the same terrible glimpse of this reality.
Oboje mieli ten sam straszliwy obraz tej rzeczywistości.
Johansen and his men landed at a sloping mud-bank.
Johansen i jego ludzie wylądowali na pochyłym, błotnistym brzegu.
And they looked up at this monstrous Acropolis.
I spojrzeli na ten potworny Akropol.
They clambered slippery up over titan oozy blocks.
Wspinali się ślisko po gigantycznych, grząskich blokach.
Blocks which could have been no mortal staircase.
Bloki, które nie mogłyby być schodami dla śmiertelników.
The very sun of heaven seemed distorted in this mist.
Nawet słońce nieba wydawało się zniekształcone w tej mgle.
A polarizing miasma welling out from this sea-soaked perversion.
Z tej przesiąkniętej morzem perwersji wydobywa się polaryzująca mgła.
Twisted menace and suspense lurked in those elusive rocks.
W tych nieuchwytnych skałach kryły się niepokojące niebezpieczeństwa i napięcie.
A second glance showed concavity where the first showed convexity.
Drugie spojrzenie ujawniło wklęsłość tam, gdzie pierwsze wykazało wypukłość.
Something very like fright had come over all the explorers.

Wszystkich odkrywców ogarnęło coś bardzo podobnego do strachu.

Each man would have fled had he not feared the scorn of the others.

Każdy z nich uciekłby, gdyby nie obawiał się pogardy pozostałych.

And it was only half-heartedly that they vainly searched.

A ich poszukiwania były tylko połowiczne i daremne.

They were looking for some portable souvenir to bear away.

Szukali jakiejś przenośnej pamiątki, którą mogliby zabrać ze sobą.

It was Rodriguez, the Portuguese, who climbed up the foot of the monolith.

To właśnie Rodriguez, Portugalczyk, wspiął się na podnóże monolitu.

From there he shouted of what he had found.

Stamtąd rozgłosił głośno to, co znalazł.

The rest followed him to the foot of the monolith.

Pozostali podążyli za nim do podnóża monolitu.

They looked curiously at the immense door in front of them.

Z ciekawością przyglądali się ogromnym drzwiom przed nimi.

The now familiar squid-dragon was carved on the door.

Na drzwiach wyryto dobrze już znaną figurę kałamarnicy-smoka.

It was, Johansen said, like a great barn-door.

Johansen powiedział, że przypominało to wielkie drzwi do stodoły.

Although they said it only gave the impression of a door.

Choć twierdzili, że to tylko sprawiało wrażenie drzwi.

They could not decide if the door lay flat like a trap-door.

Nie mogli się zdecydować, czy drzwi leżą płasko jak zapadnia.

Or maybe the opening was slanted like an outside cellar-door.

Albo może otwór był pochylony jak zewnętrzne drzwi piwnicy.

As Wilcox would have said, the geometry of the place was all wrong.

Jak powiedziałby Wilcox, geometria tego miejsca była zupełnie nieprawidłowa.

One could not be sure that the sea and the ground were horizontal.

Nie można było mieć pewności, że morze i ląd są poziome.

Hence the relative position of everything else seemed phantasmally variable.

Stąd względna pozycja wszystkich innych elementów wydawała się dziwnie zmienna.

Briden pushed at the stone in several places, without result.

Briden próbował popchnąć kamień w kilku miejscach, ale bez rezultatu.

Then Donovan felt delicately over around the edge of the door.

Następnie Donovan delikatnie obmacał krawędź drzwi.

He climbed interminably along the grotesque stone molding.

Wspinał się bez końca wzdłuż groteskowej kamiennej sztukaterii.

Although, if you could really call it climbing is debatable.

Chociaż czy w ogóle można to nazwać wspinaczką, to kwestia dyskusyjna.

Perhaps the door was more horizontal than vertical.

Być może drzwi były bardziej poziome niż pionowe.

And the men wondered how any door in the universe could be so vast.

A mężczyźni zastanawiali się, jak jakiekolwiek drzwi we wszechświecie mogą być tak ogromne.

Then, very softly and slowly, something began to happen.

Potem, bardzo cicho i powoli, coś zaczęło się dziać.

The acre-great panel began to give inward at the top.

Panel o powierzchni akra zaczął się zwężać ku górze.

And they saw that the door had balanced itself.

I zobaczyli, że drzwi się zrównoważyły.

***

Donovan somehow propelled himself back along the jamb.
Donovanowi udało się w jakiś sposób odepchnąć się od framugi.
And everyone watched the queer recession of the monstrously carven portal.
I wszyscy obserwowali dziwny upadek potwornie rzeźbionego portalu.
In this fantasy of prismatic distortion it moved anomalously in a diagonal way.
W tej fantazji o pryzmatycznym zniekształceniu poruszał się on anomalnie, po przekątnej.
All the rules of matter and perspective seemed confused.
Wszystkie prawa materii i perspektywy wydawały się pomieszane.
The aperture was black with a darkness almost material.
Otwór był czarny, niemal materialny.
That tenebrousness was indeed a positive quality.
Ta mroczność była rzeczywiście cechą pozytywną.
The men were spared from seeing the inner walls.
Mężczyźni nie widzieli wewnętrznych ścian.
The darkness burst forth like smoke from its eon-long imprisonment.
Ciemność wybuchła niczym dym z trwającego wieki więzienia.
The sun was visibly darkened by flapping membranous wings.
Słońce było widocznie przyćmione przez trzepot błoniastych skrzydeł.
And the shadow slunk away into the shrunken and gibbous sky.
A cień zniknął w skurczonym, garbatym niebie.
The odor arising from the newly opened depths was intolerable.
Zapach wydobywający się z nowo otwartych głębin był nie do zniesienia.

The quick-eared Hawkins thought he heard a nasty,
slopping sound.

Hawkinsowi, który miał bystry słuch, wydało się, że słyszy
nieprzyjemny, chlupoczący dźwięk.

**His ears were confirmed when It lumbered slobberingly into
sight.**

Jego uszy się potwierdziły, gdy On, śliniąc się, wtoczył się w
pole widzenia.

**Its gelatinous green immensity groped through the black
hall.**

Jego galaretowata, zielona, ogromna masa przesuwała się
przez czarną salę.

And Its ooze and smell squeezed through the angled door.

A jego maź i zapach przeciskały się przez kątowe drzwi.

**The Thing went into the tainted air of that poison city of
madness.**

Rzecz weszła w skażone powietrze zatrutego miasta
szaleństwa.

**Poor Johansen's handwriting almost gave out when he wrote
of this.**

Biednemu Johansenowi niemalże zabrakło charakteru pisma,
gdy o tym pisał.

**He thinks two men perished of pure fright in that accursed
instant.**

Uważa, że w tej przeklętej chwili dwóch mężczyzn zginęło z
czystego strachu.

The Thing cannot be described with our language.

Tego nie da się opisać naszym językiem.

**There are no words for such abysms of shrieking and
immemorial lunacy.**

Brak słów na otchłanie wrzasku i niepamiętnego szaleństwa.

Eldritch contradictions of all matter, force, and cosmic order.

Tajemnicze sprzeczności wszelkiej materii, siły i porządku
kosmicznego.

A mountain that walked and stumbled on the earth. God!

Góra, która chodziła i potykała się o ziemię. Boże!

No wonder that across the earth a great architect went mad.

Nic dziwnego, że pewien wielki architekt na świecie oszalał.

**No wonder poor Wilcox raved with fever in that telepathic
instant.**

Nic dziwnego, że biedny Wilcox w tej chwili dostał gorączki.

The green, sticky spawn of the stars, was walking the earth.

Zielony, lepki pyłek gwiazd przechadzał się po Ziemi.

The Thing of the idols had awaked to claim his own.

Istota bożków przebudziła się, by odebrać to, co swoje.

The stars were aligned again, as was predicted.

Gwiazdy znów stanęły na swoim miejscu, tak jak
przewidywano.

An age-old cult had failed in their duties.

Wielowiekowy kult nie wywiązał się ze swoich obowiązków.

**And a band of innocent sailors fulfilled their role by
accident.**

A grupa niewinnych marynarzy wypełniła swoją rolę przez
przypadek.

After vigintillions of years great Cthulhu was loose again.

Po miliardach lat wielki Cthulhu znów uwolnił się.

And now great Cthulhu was ravening for delight.

A teraz wielki Cthulhu łaknął rozkoszy.

**Three men were swept up by the flabby claws before
anybody turned.**

Trzech mężczyzn zostało porwanych przez wiotkie pazury,
zanim ktokolwiek zdążył się odwrócić.

God rest them, if there be any rest in the universe.

Niech Bóg da im odpoczynek, jeśli we wszechświecie nastanie
odpoczynek.

**Let it be known that their names were Donovan, Guerrera
and Angstrom.**

Niech będzie wiadomo, że ich imiona to Donovan, Guerrera i
Angstrom.

Parker slipped as he was trying to make his escape.

Parker poślizgnął się, próbując uciec.

The other three were plunging frenziedly back to the boat.

Pozostała trójka rzuciła się z powrotem do łodzi.

They ran over endless vistas of green-crusted rock.

Przebiegali przez niekończące się widoki pokrytych zieloną skorupą skał.

Johansen swears he was swallowed up by an angle of masonry.

Johansen przysięga, że został pochłonięty przez murowany element.

An angle which shouldn't have been there.

Kąt, którego nie powinno tam być.

An angle which was acute, but behaved as if it were obtuse.

Kąt ostry, który zachowywał się, jakby był rozwarty.

Only Briden and Johansen made it back to the boat.

Tylko Briden i Johansen zdołali wrócić na łódź.

The two men had a moment of good fortune.

Obaj mężczyźni mieli chwilę szczęścia.

The mountainous monstrosity flopped down on the slimy stones.

Górzysty potwór osunął się na śliskie kamienie.

And the beast hesitated floundering at the edge of the water.

A bestia zawahała się i miotała na skraju wody.

The steam boat had not entirely run out of hot coals.

Statek parowy nie wyczerpał całkowicie zapasów rozżarzonych węgli.

Despite the departure of all men for the shore.

Pomimo odejścia wszystkich ludzi na brzeg.

Feverishly the two men rushed up and down between wheels.

Obaj mężczyźni gorączkowo krążyli między kołami.

It was the work of only a few moments to get the engine going.

Uruchomienie silnika zajęło zaledwie kilka chwil.

Amidst the distorted horrors of that indescribable scene.

Pośród zniekształconych koszmarów tej nieopisalnej sceny.

Slowly their boat began to churn the lethal waters beneath her.

Powoli ich łódź zaczęła wzburzać śmiercionośną wodę pod nią.

And they moved along the masonry of that charnel shore.

I przesuwali się wzdłuż kamienistego brzegu kostnicy.

That strange coastline that was not from this world.

Ta dziwna linia brzegowa, która nie pochodziła z tego świata.

***

The titan Thing from the stars slavered and gibbered.

Tytan z gwiazd ślinił się i mamrotał.

Like Polypheme cursing the fleeing ship of Odysseus.

Jak Polifem przeklinający uciekający statek Odyseusza.

Then great Cthulhu slid greasily into the water.

Wtedy wielki Cthulhu zsunął się tłusto do wody.

Bolder and more daring than the storied Cyclops.

Odważniejszy i śmielszy niż legendarny Cyklop.

Cthulhu pursued them through the water with cosmic movement.

Cthulhu ścigał ich przez wodę, poruszając się z kosmicznym impetem.

Briden looked back from the ship and started laughing shrilly.

Briden odwróciła się od statku i zaczęła się głośno śmiać.

From that moment Briden continued laughing at odd intervals.

Od tego momentu Briden śmiał się dalej, co jakiś czas.

But Johansen had not given up yet.

Ale Johansen jeszcze się nie poddał.

He knew his ship had no chance of outpacing the thing.

Wiedział, że jego statek nie ma szans wyprzedzić tego przeciwnika.

So he resolved on taking a desperate chance.

Postanowił więc podjąć desperacką próbę.

He loaded the furnace and set the engine for full speed.

Załadował piec i ustawił silnik na pełną prędkość.

And then he ran lightning-like on deck and reversed the wheel.

A potem błyskawicznie wbiegł na pokład i odwrócił koło.

There was a mighty eddying and foaming in the noisome brine.

W cuchnącej solance panował potężny zawirowań i pienienie.

The steam mounted higher and higher into the sky.

Para wznosiła się coraz wyżej i wyżej w niebo.

And the brave Norwegian reversed the course of the chase.

A dzielny Norweg zmienił bieg pościgu.

Before him rose the unclean froth like the stern of a demon galleon.

Przed nim unosiła się nieczysta piana niczym rufa demonicznego galeonu.

He drove his vessel head on against the pursuing jelly.

Ruszył statkiem prosto na ścigającą go galaretę.

The awful squid-head came nearly up to the yacht's bowsprit.

Straszliwy kałamarnicowaty łeb podpłynął niemal do bukszprytu jachtu.

But Johansen drove on relentlessly against the writhing feelers.

Ale Johansen nie ustawał w wysiłkach, by pokonać wijące się czułki.

There was a bursting as of an exploding bladder.

Rozległ się odgłos pęknięcia, przypominający eksplozję pęcherza.

There was a slushy nastiness as of a cloven sunfish.

Wszędzie unosił się grząski, nieprzyjemny zapach, jak u rozdwojonego okonia słonecznego.

There was a stench as of a thousand opened graves.

Wszędzie unosił się smród jakby tysiąca otwartych grobów.

And there was a sound the chronicler did not put on paper.

I był dźwięk, którego kronikarz nie zapisał na papierze.

For an instant the ship was befouled by an acrid cloud.

Przez chwilę statek był zanieczyszczony gryzącą chmurą.

The green cloud blinded Johansen and the mad man.

Zielona chmura oślepiła Johansena i szaleńca.

And then there was only a venomous seething astern.

A potem było już tylko jadowite, kipiące powietrze za rufą.

But God in heaven! What the two men saw next;
Ale Boże w niebie! Co ci dwaj mężczyźni zobaczyli później?
The scattered plasticity of that nameless sky-spawn.
Rozproszona plastyczność tego bezimiennego niebiańskiego
pomiotu.
The injured thing was nebulously recombining.
Uszkodzona rzecz niejasno się regenerowała.
Soon Cthulhu would be back in its hateful original form.
Wkrótce Cthulhu powróci do swojej pierwotnej, pełnej
nienawiści postaci.
But their distance was widening with every second.
Jednak odległość między nimi zwiększała się z każdą
sekundą.
The ship was gaining impetus from its mounting steam.
Statek nabierał rozpędu dzięki rosnącej parze.
And eventually the cursed city was over the horizon.
I w końcu przeklęte miasto pojawiło się za horyzontem.

***

He did not try to navigate after their lucky escape.
Po ich szczęśliwym ocaleniu nie podjął próby nawigacji.
His reaction had taken something out of his soul.
Jego reakcja wyrwała coś z jego duszy.
He spent his time brooding over the idol in the cabin.
Spędzał czas rozmyślając nad idolem w chatce.
He looked after the laughing maniac in the boat.
Zaopiekował się śmiejącym się maniakiem w łódce.
And he attended to a few matters such as food.
Zajął się także kilkoma sprawami, na przykład jedzeniem.
Then came the storm of April 2nd.
Potem nadeszła burza 2 kwietnia.
On that day clouds gathered over his consciousness.
Tego dnia chmury zgromadziły się nad jego świadomością.
There is a sense of pure and refined delirium.
Odczuwa się czyste i wyrafinowane delirium.
Spectral whirling through liquid gulfs of infinity.

Widmowy wir przez płynne zatoki nieskończoności.
Dizzying rides through reeling universes on a comet's tail.
Oszałamiająca podróż przez wirujące wszechświaty na ogonie
komety.
Hysterical plunges from the pit to the moon.
Histeryczne skoki z dołu na księżyc.
And he plunged back again from the moon to the pit.
I znów rzucił się z księżyca do otchłani.
A cachinnating chorus of the distorted, hilarious elder gods.
Zachwycający chór zniekształconych, zabawnych starszych
bogów.
And the green bat-winged mocking imps of Tartarus.
I zielone, nietoperzoskrzydłe, szydercze diabły z Tartaru.
Out of that dream came rescue; the ship Vigilant.
Z tego snu zrodził się ratunek – statek Vigilant.
The vice-admiralty court and the streets of Dunedin.
Sąd wiceadmiralicji i ulice Dunedin.
The long voyage back home to the old house by the Egeberg.
Długa podróż powrotna do starego domu nad Egebergiem.
He could not tell anyone of what he had seen.
Nie mógł nikomu opowiedzieć o tym, co widział.
**Had he told the truth they would have thought he had gone
mad.**
Gdyby powiedział prawdę, pomyśleliby, że oszalał.
So he secretly wrote of what he knew before death came.
Więc w tajemnicy spisał to, co wiedział przed śmiercią.
**"Death would be a boon if only it could blot out the
memories."**
„Śmierć byłaby błogosławieństwem, gdyby tylko mogła
wymazać wspomnienia".
That was the document Johansen left behind.
To był dokument, który pozostawił po sobie Johansen.
And now I have placed this document in the tin box.
I teraz umieściłem ten dokument w blaszanym pudełku.
In the box is also the dream carved bas-relief.
W pudełku znajduje się również płaskorzeźba
przedstawiająca sen.

And I have included the papers of Professor Angell.
Dołączyłem także prace profesora Angella.
With this box shall go this record of mine.
W tym pudełku znajdzie się moja płyta.
These notes have become a test of my own sanity.
Notatki te stały się dla mnie testem zdrowia psychicznego.
But I hope my discoveries are never be pieced together again.
Ale mam nadzieję, że moje odkrycia nigdy nie zostaną ponownie poskładane w całość.
I have looked upon all that the universe has to hold of horror.
Przyjrzałem się wszystkim horrorom, jakie wszechświat ma do zaoferowania.
But now even the skies of spring are darkness to me.
Ale teraz nawet niebo wiosną jest dla mnie ciemne.
Even the flowers of summer are forever poison to me.
Nawet letnie kwiaty są dla mnie trucizną.
But I do not think my life will be long.
Ale nie sądzę, że moje życie będzie długie.
As my uncle went, so shall my end come.
Jak odszedł mój wuj, tak nadejdzie mój koniec.
As poor Johansen went, so shall my time come.
Jak odszedł biedny Johansen, tak nadejdzie mój czas.
I know too much, and the cult still lives.
Wiem za dużo, a kult nadal trwa.
Cthulhu still lives, too, I can only suppose.
Mogę tylko przypuszczać, że Cthulhu nadal żyje.
I assume Cthulhu is again in that chasm of stone.
Zakładam, że Cthulhu znów znajduje się w tej kamiennej przepaści.
The city which has shielded him since the sun was young.
Miasto, które chroniło go od czasów młodości słońca.
I know his accursed city is sunken once more.
Wiem, że jego przeklęte miasto znów zatonęło.
The crew of the Vigilant sailed over the spot after the April storm.

Załoga statku Vigilant przybyła w to miejsce po kwietniowej burzy.

But his ministers on earth still worship his return.

Ale jego ziemscy słudzy nadal czczą jego powrót.

In lonely places they congregate around their idol.

W odludnych miejscach gromadzą się wokół swojego idola.

And they bellow and prance and slay in satanic ritual.

I ryczą, paradują i zabijają w szatańskim rytuale.

He must have been trapped by the sinking of his black abyss.

Musiał utknąć w pułapce, w której zapadła się jego czarna otchłań.

Or else the world would by now be screaming with fright and frenzy.

W przeciwnym razie świat już by wrzeszczał ze strachu i szału.

Who knows how the end will come about?

Kto wie, jaki będzie koniec?

What has risen may sink, and what has sunk may rise.

Co wzniosło się, może zatonąć, a co zatonęło, może wzrosnąć.

Loathsomeness waits and dreams in the deep.

Ohyda czeka i śni w głębinach.

And decay spreads over the tottering cities of men.

A rozkład rozprzestrzenia się po chwiejących się miastach ludzi.

A time will come where that city rises out the sea again.

Nadejdzie czas, gdy miasto to znów wyłoni się z morza.

But I must not think about when that day will come!

Ale nie wolno mi myśleć o tym, kiedy ten dzień nadejdzie!

I have one prayer if this manuscript outlives me.

Mam jedną modlitwę, jeśli ten rękopis przetrwa mój czas.

I pray my executors put caution before audacity.

Modlę się, aby moi wykonawcy przedkładali ostrożność nad śmiałość.

I pray this manuscript meets no other eyes.

Modlę się, aby ten rękopis nie trafił w niepowołane ręce.

**Found among the papers of the late Francis Wayland
Thurston, of Boston.**
Znaleziono wśród dokumentów zmarłego Francisa Waylanda
Thurstona z Bostonu.